Amour

爱是一种微妙的滋养

QUINTUS

沈 煜伦

SHENYULUN
QUINTUS

作品

湖南文艺出版社
HUNAN LITERATURE AND ART PUBLISHING HOUSE

博集天卷
CS-BOOKY

目 录

CONTENTS

因为我知道，身边总会有一个喜欢自己的人，
或恋人，或朋友。
无论去哪里，请带我一起走。

所有单亲家庭的孩子都应该
跟我一样骄傲，
因为我们有幸陪着妈妈度过了
人生最艰难的前半生，
并且注定和这个为我们倾尽所有的女人
继续欢笑和成长下去。

这个世界上，爱情以很多种方式存在着，
或热烈，或平淡，或浪漫，或悲情。
有那么一种人，一边骂着你，一边为你撑伞。

校园旧旧的大礼堂里，
王巧妹憨厚无邪地哈哈大笑，

她的怀里是满脸惊恐的小波，
身边有见证爱情的众人，
身后是鲜红且永不褪色的幕布。

我们以为站在永不落幕的舞台上，
其实身边遍地是坠落的花枝。
万物循环往复，
我们的交集在宇宙中永远产生节点。

年轻是闭着眼睛逃亡，
是一段不想承认，却也不想失去的时光。

记忆中的妈妈是什么样子？
在炊烟袅袅的山脚下喊一句一声你的名字，
你就蹦蹦跳跳地回家，
还是她坐在湛蓝的天空下，
你躺在她的怀里听她唱儿歌哄你入睡？

我就这么静静地看着他，猜不到他在想什么，
看久了就掉进他的世界里。

这辈子和你说的最后一句话一定是：
"待会儿见！"

哥有个朋友在法国留学，他问人家：
"'唧唧复唧唧'用法语怎么说？"
我朋友说大概就是"唧唧唧唧"这样吧。

我希望一世能有一个如你一般的人，
在我失落的时候给我鼓励，
在我辉煌的时候教会我沉淀，在惜别前告诉我别哭。

我是沈煜伦，我是沈老师，我是美伦，
我希望自己是一个可以播撒能量的好人。

推荐序
你又何必拒绝温暖抵达

12 warm stories

一

在这个世界上，有许多人对我谈起过爱，有我的父母、我的朋友、我的恋人，甚至只是一面之缘的过路人，他们对我谆谆教诲，传经布道。归根结底，他们希望我相信爱。在他们看来，爱是一场全世界、全人类的信仰，是每个人的入世之道。如果不相信爱，那我这辈子的心灵泅渡将永远无法靠岸，我将继续像一个孤魂野鬼一样游走在世界的边缘，遮天蔽日，阴雨绵绵。

———

　　我的难题就在于，习惯于眼见为实的自己似乎很难被他们说服。于是，前些年，我的确印证了一个心理理疗师对我的预言："心中有爱，便是晴天，心中无爱，阴雨连绵。"

　　在冷冰冰的夜里，我裹着格子毯子，哆嗦着憧憬着我被爱拯救的日子，那时候的感觉，就像我在南极憧憬着一颗北极星。

　　先来说说亲情吧，我所谓的独立生活是从六岁开始的。我生活在一座其他城市郊区的私立学校里，一年能和我父母见上为数不多的几面。我在接下来的十几年里，探寻的一个问题仿佛就是："和父母亲密地生活在一起，真的不会觉得不舒服吗？"接着，在我离开家的第十二年，我找到了答案，是真的会不舒服，父母于我，是我人生的导师，他们永远要求我挺直腰板，抬起下巴，穿着西装和世界交手，伤痕是荣耀，泪水是弱者手里挥舞的白旗，而在我们家非黑即白的世界里，宁愿一片漆黑，也绝不允许看到一面晃动的白旗。在我和父母的相处里，没有我爱你，没有我想你，没有拥抱，没有 Family Day（家庭日），没有频繁、

一

冗长的交流，充斥在我的成长回忆里的是耳光、罚跪、语言暴力、家庭暴力，最诡异的地方在于，回忆里居然没有眼泪，至少我一直按父母要求的那样"坚强着"。所以，多年后，如我父母期待的，我成了世界上的勇士，走南闯北，无所畏惧，冷若冰霜。父母和我谈起爱的那一次是他们离婚的第十年，我们三个人西装革履地坐在客厅里，那是父母第一次无法说服我，因为我发现，他们的笑容里，对于爱依然是睥睨着排斥的。最后，我们都笑了，像在电视节目里看到一个荒诞的段子一样。

接着来谈谈友情，我从小念过的学校大概有二十所，转学是我在学生时代最多的回忆，所以自我介绍成了我最擅长的一件事。我认识过许多朋友，和你一样，后来我们渐行渐远了。孩提时代，还曾为此落泪伤感过，到了后来，对于离别已经轻车熟路了，天下无不散之筵席，如果人生像一列无休止前进的火车，无疑换乘就成了这场旅行的主题。所以，我常常在和朋友见面的第一天就开始为告别做准备，周而复始，麻木无感。印象最深的是有一次和一个英国的同学在餐厅告别，她满脸泪

4

———

光。我嘴角上扬，替她拭去泪水，告诉她："我以为你会像你承诺的那样，陪我走到最后，我差点儿就相信你了。"她对我说对不起，她需要选择爱情。我们离别的原因也非常简单，她的男朋友不相信我们之间的纯友情，她最终也没能像当初承诺的那样，即使和男友分手，万劫不复也要陪我走完一生。我对此深刻地理解着，祝福着，但心头还是袭过一阵暴风雨，毕竟我真的相信过她会的。

最后，来谈谈我最不擅长的爱情。爱情于我是支付能力永远不足的奢侈品，我的爱情常常深藏于深海暗涌之下，很长一段时间里，它没法见到阳光，它是隐秘的、胆小的，注定以悲剧收场的。在遇到小鹿之前，我经历过的几段爱情里，没有一段能幸免。我经历过最丑陋的背叛、最纯真的"恋人未满"、最诚挚的"婚礼的祝福"，爱情于我是一条神秘幽暗的冥河，一不注意，就会被一只手抓住脚踝，深陷其中，无法获救。

爱无论以何种形式存在，于我都成了一个大难题。我的身体里住进

一

整个南极的冬天，冰雪肆虐的时候，我突然明白了人生的使命，可能就是终其一生，用尽一切力量去找寻虚无缥缈的"爱"，这能让我停止在深夜里发抖，能让我感受到嘴角上扬的温度，能建立人际关系，能成立家庭，最终，能让我活下去。

在我认识沈煜伦之前，我觉得我是不能被救赎的，实际情况就是，在我们认识的这些年里，他确实身体力行地向我讲述了爱的存在。他像是一轮太阳，燃亮我之后，即使转入黑暗时期，也让我储备足了应付生存的热能。他讲述的故事是我看过的最安静栖息的水鸟，是太阳洒向水面的金色的渔网，是火光跳跃间的一抹笑容，是青草遍野、花开满山，是我看过的最完美的日落和星空。

多年后，他偶然对我说起出书的想法。我听到这个消息的第一反应比他还要激动，因为这场寻爱泅渡总算可以替别人点亮灯塔，指明方向了。他的故事甚至可以让你已经满是沙丘的心房开出花朵来，它们或许不是故事，而是一剂一剂让我们得到治愈的良方。看完这本书，你一定

———

会和此刻的我是一样的感受：

　　曾经在黑夜的刑场里等待着暴风雨降临的自己，怎么能就这样轻易被救赎了呢？

　　曾经冷若冰霜的眼睛怎么能看完初稿就饱含热泪了呢？

　　曾经海面上那团无边际的黑暗怎么突然就燃起了星光，开始闪出漂亮的星星点点了呢？

　　今天，他已经带着他的良方走来，由远而近，叩击着你我的心扉。

　　他经过之处，总能点亮黑暗，播撒阳光，万物都已经复苏，你又何必拒绝温暖抵达？

沈肯尼

序

我不是美男作家

一

你好，我是沈煜伦。

无论你是在从何处知晓我的存在的，此刻我都站在你的对面，微笑着请你坐下，喝一杯，听听我的故事。

我生活的时代对我相当包容，它允许我肆意地在人前张扬自己的优点，闪烁自己的光芒。

我也像大多数人一样努力地生活、工作，像大多数人一样愚蠢、偷懒。也许我仅有的一点运气加上恰逢时机的努力让我在事业方面平步青云，但我从来都不觉得自己是一个成功的人。不过，可以确定的是，我是一个聪明的人、勤奋的人。

面对自己今天的成绩，我并没有十分满足，尽管很多人觉得我面容姣好，多金、体贴，事业成功。

于是大家给我贴上了很多标签，美男作家、鲜肉作家、企业家、成功好男人、现实中的何以琛等。

我只能说，在我目前的人生中，我可以肯定的是，我的事业会颠簸起伏但持续水涨船高。关于我个人，我从来都不觉得自己是一个美男作家、鲜肉作家，我也很排斥这样的称呼。

如果你稍微用心就会发现，带着"美男"和"鲜肉"标签的人其实往往和"美男""鲜肉"这类词语没有半毛钱关系，他们甚至不知道什么样的衣服更适合自己，或者有多少真正的美男和鲜肉对他们的标签不屑一顾。"美男"和"鲜肉"这两个词语的表面意思其实非常浅显，需要的是出众的外貌。如果某些人说不，他更看重这个人的内涵，我觉得这种说法是极其虚伪和心理扭曲的表现。

喜欢就是喜欢，迷恋外表就是迷恋外表，把虚伪剔除。

———

人无完人，无论是公众人物本身还是消费者，最重要的都是认清自己。

当我始终站在我可以企及的高度上，享受着超出预料的社会地位和尊重时，我会用大部分时间来反省和提升自己。

一个人也好，一本书也好，消费者之所以埋单是因为大家都在埋单，偶尔一个不埋单的人会被认为是鹤立鸡群。这个时代被各种行为同化着，各种权力和等级的划分也越来越不明显。如今，这些代名词已经变成了商业营销者蒙着盲人的眼睛骂聋人的手段。

有人说，所有用文字和语言来展示自己的人，都是信仰的领导者。表面看，信仰和领导这两个关键词非常笼统，其实简单而论，用责任这个词就可以完全涵盖。不只是笔者本身需要对社会和读者负责任，更多的是为了让读到这本书的人学会如何负责任。我们在人世间中浮浮沉沉，能够认清楚自己的人少之又少。我很庆幸自己有足够的空间和能力，允许自己在需要的时刻立即沉淀，待心中正气充足的时刻再次迎接挑战。

所以在这本书的开端，我需要非常客观和理智地阐明我个人的观点。如果你翻开了这本书，请你不要抱着看美男作品的心情往下读，因为这本书和美男没有半点关系，每句话都是我用心一个字一个字地敲出来的。我的语言里充满了我的人性。我所记录的，是我所经历的，是我想要倾诉的。

　　跟朋友在聊新书计划的时候，我告诉他们我写不了符合市场需求的流水账文字。我刻板的性格告诉我，每一段文字的标点符号都要规规整整，符合文学段落的要求。我告诫自己，一定要写一本实实在在、有内容、有剧情的书，因为只有这样，我才对得起现在捧着这本书的你，和千千万万等待这本书的人。

　　这本书没有半句的贫嘴滑舌，只有只言片语的沈煜伦。

2015年5月3日

每一次遇见你
我一定还是怦然心动的样子
每一次告别你
我一定还是恋恋不舍的样子。

我的愛是一粒種[...]
只有遇到你[...]聚亮的[...]

Chapter 1

因为我知道，身边总会有一个喜欢自己的人，或恋人，或朋友。

无论去哪里，请带我一起走。

"嗨！你在！"

再次睁开眼睛的时候，一眼就瞅到了趴在被子上、口水外流的陈琛。

窗外的树影无精打采的，少了云彩遮挡的烈日穿透初夏的枝丫，懒洋洋地淌进病房里。

我没有吵醒他，只是缓缓地回过头看着天花板，驰思遐想地在梳理整件事情。天花板的脉络在我的眼里清晰得连缝隙里的灰尘都看得到。隔壁病床的女人一直在咳嗽，肺都快咳出来了。我帮她按响了护士铃。

拿起床头的手机，已经停机了，估计是这群粗心的人连帮我充电都忘记了。我从陈琛手里小心地抽出被他攥热了的充电宝。十分钟后终于开机，日历显示4月7日。

记忆停在了4日晚上，之后就什么都不记得了。

我仔细品回着因为长时间注射药物导致的味蕾苦涩，想起陈琛之前说的，好的红酒在最后一种味道消失前是苦涩的，脑海中不禁闪现出他那副夸张地晃着红酒杯的伪知识分子的样子，笑着一掌拍在他的肩膀上。

"啊？！哦！你醒了，吓我一跳！" 他边用食指把眼角黑褐色的眼屎抹掉擦在床脚上，边抬起睡肿的单眼皮看向我。

陈琛，我的大学同学兼"雄性闺密"，入学第一天便给了我黑社会一般的下马威，不料碰到硬茬儿，被我打击之后恢复了积极乐观的人生态度，大学期间致力于个人减肥工作，但以失败告终。皮肤黝黑，不修边幅，却自信心爆棚，活在自己的世界里，有自己的主张和原则，开怀大笑是其标志性特点。

"嗯，就你一个人在？"我问他。

"是啊，他们都陪了一个通宵。你比大夫预想的要醒得晚，所以大家走之前还是惴惴不安的。我现在赶紧打电话告诉他们！" 他边说边拿起手机朝走廊走去。

"回来！"我赶紧撑着身子叫住他。

"干吗？"他一脸疑惑地问我。

"你傻啊，都熬了通宵，这个点儿还在睡觉，你让他们多休息一会儿吧，晚上告诉大家也不迟。"

"嗯，你说的对。"

"这个世界上怎么会有你这样的人啊！"我一脸苦笑地看着他。

"怎么了，我是看你醒了高兴啊！再说了，没有我这种人，怎么反衬你的优秀啊？你那么优秀，最后还不是躺在这里了？"他略带挑衅地回击我。

"天妒红颜啊。"我看着窗外，一脸"赫本式"的惆怅。

"男的哪有说自己是红颜的啊！你是天妒英才，英才……英……英年……"

"闭嘴！"我知道以他的水平接下来即将吐出的词是什么，赶紧打断了他。躺在病床上的人最害怕听到类似的词语，因为陈琛词不达意的本领是出了名的。

上学那会儿，有一年的冬至我们在学校过，班主任组织大家和教师一起包饺子庆祝。后来饺子出锅，大家吃得不亦乐乎。班主任是一个心宽体胖、胃口略好的中年女性，她一高兴连着吃了我们一圈，从每人盘子里掠夺一个饺子。到了陈琛这里，他应该是为了表达对活动的欣喜之情，冲着班主任来了一句："你看看老班好可爱啊，吃得比人都多！"

班主任停了两秒，直接现场喷饭，泪流满面。因此，陈琛一直到毕业都没有得到过班主任的赏识，连着干了三年的卫生代表。

他走到床头帮我盖了盖脚边的被子，问我："饿吗？我去给你买点儿吃的，你两三天没吃东西了。"

说实话，我刚才起身给手机充电的时候，在坐起的一瞬间，本来好好的身体顿时觉得昏昏沉沉的，根本没有胃口。

"我不饿，坐下，我问你点儿事儿。"

"哦，好，你问吧，啊——"他一沾凳子就犯困的毛病发作了。伸着懒腰，揉着没睡醒的小眼睛看着我，就像八十多岁的老头儿看电视里的海底世界。

很多时候，你觉得你一门心思地用尽各种办法尊重一个人，但是最终你会觉得一切都是徒劳，因为对方生来就是"二师兄"的命。

"我来的那天晚上，没发生什么意外吧？"我侧眯着眼睛看着他，传递着让他说实话的威慑力。

"没有什么吧，你怎么喝那么多啊？大夫说你胃出血，把大家吓坏了。你妈和一个叔叔赶过来的，从头到尾都是边哭边照顾你。"

"嗯，其他人呢？还有谁过来了？"我继续问他。

他起身走到病房的铁皮柜子边，跷着兰花指打开柜门，取出一只比他的胳膊细不了多少的香蕉，用刚才擦眼屎的那根食指剥开香蕉皮，然后递给我："先吃点儿水果吧，不能空着肚子。"

"不不不，应该你吃才对！"我连忙不停地摆手。"你都熬了

世界上最遗憾的事情，
可能是为了遇见你，我花光了所有的运气
已经没有更多的运气能让你喜欢上我。

一个通宵了，我等会儿吃，现在还不饿，你快吃了吧。"我用眼角的余光看向他，并用一种备加关怀的语气体贴地说道。

"哦，你不吃我吃，你这个烂人！"

"烂人"是他的口头禅，一般和他关系好的都是烂人，越腐烂关系就越铁。记得那会儿在学校，我和他上下铺的时候，每次逼迫他去水房打水，他出门前都不忘记回头送我一句"烂人"；后来我们升了一个年级，学弟学妹们来了，他和学妹们并肩背着书包，蹦蹦跳跳地挤在回宿舍的水泥路上，快要200斤的身躯轻盈地腾空和降落，幻想自己散发出樱花的香味，偶尔还用粗壮的胳膊捣一下身边的姑娘，伴随着姑娘银铃般的笑声，说一句："切，你这个烂人！"

注射点滴的胳膊因为药水的温度过低而生疼，我用左手轻轻按摩着胳膊，没有接他的话。

"哎，你有没有那么一个时刻害怕过生病？"他自以为是的人生探讨每次都会让人觉得是在没话找话。

"怕，我怕得要死。" 我回过头去无聊地翻着手机，心思却没在病房里。

我放弃了在陈琛身上继续找线索的想法，按响了护士铃。

不到五分钟，宛如白莲的护士轻快地推门进来。看到我醒了，她的小臂45度向上一挥，嘴角立即上扬，用脚尖点地朝我走来，用高一个高八度的声音对我说:"哟!帅哥你醒啦!"

如果不是周围病床上还有其他病人,我一定觉得自己身处一个不雅的地方。

"醒了。"我用胳膊撑着身子慢慢地坐起来。陈琛见势来扶我,力大无穷的他一下子把我弄得蹲在枕头上,他一脸憨厚地笑着,笑着,笑着。

对护士笑着。

高二那年,张爱玲的一句"我要你知道,在这个世界上总有一个人是等着你的,不管在什么时候,不管在什么地方,反正你知道,总有这么个人",让陈琛深陷其中并且不能自已。他每天早上都会早起半个小时,然后微笑着站在阳台上,用自己的态度等待日出,对自己将来的那个人绽放笑容。

半个月后,对面女生宿舍的人直接找了政教处,投诉我们每天早晨都偷窥女生宿舍。

护士看了看我的病历牌。

"我什么时候可以出院?"我问护士。

"这个我得去问问大夫,你现在没有什么不舒服的吧?最快也得等明天大夫来了。"她弹了弹点滴器,关切地看着我,有一种既然来了就不能白来,看帅哥又不要钱,但是总要显得负责任的样子。

"嗯，谢谢，没事儿了。"问不到结果，我想尽快结束这场谈话。

护士出去后，陈琛一直在抱怨我不会跟女孩子说话，不懂得怜香惜玉，云云。我一巴掌拍在他的腿上，吓得他差点儿从椅子上摔下去。

"哎哟哟（二声上扬），你干什么啊？吓得我差点儿把孩子生出来！"

"把我的东西收拾一下，差不多就回去了，我改天自己来找大夫，这么多天没回公司了，有点儿不放心。"我用略带乞求的表情看着他，打算如果他不答应，我就来硬的。

"你啊，就是一会儿也闲不住！我知道劝不了你，你收拾吧。到时候你得跟大家说，我留你了，并且深恶痛绝地批评了你的这种行为，但是你的态度十分强硬，自己坚持出院，要不然他们得吃了我。"他若有所思地用手指在掌心画着圈圈，画着画着就唱了起来：

"在，想你的365天……圈住你我在同一个圆，hey yeah。"

"圆圆圆，可圆了，你赶紧收拾着。"我厌恶地看着眼前的这个人，有那么一个时刻期盼时光倒流，换一个下铺，或者干脆换个寝室。

半小时后，一切就绪。我戴上陈琛的棒球帽，换好我妈提前准备好的衣服，扶着陈琛出了医院，叫了一辆出租车。

　　"去哪儿？"陈琛问我。从此刻他脸上自豪的表情中，我可以推断出，他的内心有一种拯救大兵瑞恩的快感。

　　"回我妈那儿。"上了车我就闭上了眼睛，头刻意地卡在靠背上。常年的颈椎病让我每次坐车的时候都会难受得要命。

　　不到二十分钟的车程，陈琛和出租车司机应该说了几十万字，从城市绿化说到胎教启蒙，从电台选秀说到通货膨胀。我第一次觉得他知道的东西那么多，但我并没有打断他们。

　　突然有种活着的感觉。听他们说着话，我才觉得自己活着。

　　我故意眯着眼睛，把熟悉的街道看成不熟悉的，幻想着每条街道在肯小兔口中的样子。

　　他说："这个城市发展得并不算快，但处处在修路。"

　　他说："这个城市的口号永远是争取绿化面积达到40%，但永远是把仅有的老树砍了栽，栽了再砍，树叶永远不庇荫。"

　　他说："交通这么拥挤的一个城市，没有地铁。"

　　他说："春秋飘黄沙，夏天大火炉，冬天吸雾霾。"

　　他说："没有蓝天。"

　　他说："没有美食。"

　　他说："没有朋友。"

　　他说："可我因为你，来了这里，活在这里。"

可我因为你，来了这里，活在这里。

肯小兔不在的许多年，我去过很多城市，但是大部分记忆都很模糊了。

我们曾经都有令自己惊艳的风景，或唏嘘，或感叹，并且相信自己一辈子都不会忘记。

后来，这些慢慢都被忘记。

记忆是思念的敌人。

它悄无声息地占据我们的大脑，等我们爱上想爱的，看上想看的，又慢慢地把它尘封、落灰，最后掩埋。

时间是最好的良药，会慢慢抚平你的伤痛。

这句话真俗。

刻骨铭心怎么会随着时间消逝？消逝的一定不是刻骨铭心，至少刻得不是那么深。

但是在现实中，记忆确实惨败了，彼时感叹的美好都在逐渐冷却、退忘。

时间是最好的良药，会慢慢抚平你的伤痛。

十九岁的自己常常幻想，什么时候可以到二十岁。

二十岁，才是青春的开始。

升学压力、恋爱分手、叛逆疏远、亲近家人、渴望知己、打拼事业、饲养宠物，缺少哪一种都不算是青春。

转眼到了二十岁，又做了下一个十年的计划：二十二岁创业，二十五岁站稳脚跟，三十岁成为自己想成为的人。

按计划，我即将成为自己想成为的人。

想到这些，我摸了摸手上的纱布，感受着轻轻挪动后背时沉重的脖子，还有后视镜里那个满脸胡楂儿的自己。我笑了笑，盘起腿来，继续听着出租车上的免费演讲。

"快到了，别睡了！"好在陈琛老马识途，还认得去我家的路。

"到天津了？"我闭着眼睛问司机。

司机惊愕地回头看了我一眼，一个急刹车停在路边，看向陈琛，示意他要不要送我回医院。

"师傅你别理他，他就是个烂人！"他赶紧舒缓师傅时空错乱的情绪。

"这点儿时间就能横跨两个省？别废话，赶紧起来，马上到了。"他推搡着我。

车身停稳，我迈出右腿，轻身一跃，跨出车门。一番整理后恢复了气息，径直朝着小区门口走去。半分钟后发现少了什么，回头发现陈琛两只手里塞满行李，嘴里叼着钱包，恶狠狠地看着我。

"你平衡感不错啊！以前没发现。"我鼓掌称赞他。

永远都别对我说再见
在我和你的世界里
我要和你
"待会见!"
"明天见!"
"周末见!"
都永远不够。

——郝飙修小儿 ♡

"你就是个烂人！"

我回过头，不去看他。看着这条走了成千上万遍的路，看着中学那年搬来时就在门口的那棵伟岸的大槐树，现在看起来，好像也没那么伟岸了。

人生病的时候，头脑的反应速度要比以往慢很多，而四肢受大脑的支配行动。所以我给了自己一个冠冕堂皇的理由，慢慢地踱着步向前走，尽量慢一些接近那栋房子。

陈琛虽然拿着很多行李，但是出于多年朋友对我的了解，还是默默地跟在我的身后，没有催促我的意思。

月影昏黄，夜的黑暗会加深人的孤独和忧郁。

月球距离地球有38万多公里，而月光只需要一秒就可以照在地球上。所以我们看到的总是一秒前的月亮。我踩着月光透过树叶洒落在地上的斑点，想着这束光经历了怎样的风景，最后来到我的身边。

夜晚，本来住户就稀少的小区更是安静得出奇，能听得到四周绿化带里昆虫的声音。

再大的城市，家都是一个辐射源。

只要身处辐射范围内，随时都可以闻到家的气息。

我被动地扭着身子，用力地昂头，努力地直立着虚弱的自己朝那个方向前进。时刻保持绅士风度的行为，这是我的习惯。

人要学会用怎样的方式和家人相处、和朋友沟通、和客户谈判，才不会在自己虚弱的时候被对方伤害，才不会在自己强大的时候不触及对方的底线？

我可以准确地推测出五分钟后，推开家门即将看到的一切。满桌的佳肴、殷切的目光、关切的语气、满屋的香氛和着水晶折射出的灯光，最重要的是那个女人的怀抱。

父母离异后，我跟着奶奶生活，与父母聚少离多。

每次回家，我妈都会提前准备很久，像迎接贵宾一样。

想到上有老人，便告诉自己尚不到感叹时光飞逝的年龄。

但是在这几年里，我实实在在地越发恐惧时间的流逝。很多以前不会说的话，现在逐渐会开始说。

比如，咱俩应该十多年没见面了吧？

哟，你的孩子都这么大了啊！

或者是"换作十年前，我还真是打算试试"之类的。

但是每个人的故事都需要一个结局，在错综复杂里前进，在满载而归中结束，微笑着和自己告别。

像陈琛这种人，在去世后墓碑上应该刻着"原封退还"四个字，因为他活得太原始、太简单，单纯得令人羡慕。在拐个弯就能看到那栋房子的时候，我刻意停了下来，被不知道走路睁没睁眼的陈琛撞了个满怀。

"哎哟（二声上扬、拉长尾音）！"东西稀里哗啦撒了一地，陈琛娇嗔地摸着胸口。但我只关注到我那被他用牙咬出印子的BURBERRY（巴宝莉）钱包。

"诈尸了吗你！"他骂骂咧咧地捡着东西，蹲在地上的瞬间，宽阔的蹲位直接隐形了脚下的井盖。

"你说我要不要今晚住宾馆，等身体好点儿再回来？"我没有理他，看着家里二楼的灯光发呆。

"出院前我就给你妈发了短信，估计这会儿已经满屋佛跳墙的味道了，你不为自己着想，也得为你妈那颗操碎了的心想一想，就算不为你妈那颗操碎了的心着想，也要为我这颗空了许久的胃着想。"他重新整理好乱七八糟的行李，用下巴示意我继续前进。

"随便吧，不就是回家嘛，得了，回家！"我也懒得继续想，不知道是不是脑子还不清醒的缘故，总是不想动脑。

"我没带门卡，你输密码吧！"我跟陈琛说。

"你直接按一下指纹不就行了嘛！你没看我手里都是东西吗，大哥？"他没好气地说。

"我上次回来晚了，肯小兔一生气就把我的指纹销掉了，后来一直没录进去。"我说，"行李给我，你去按吧，我不想动手。"

"有性格啊！"他略带嘲笑地看着我，"密码多少啊？"

"881231。"

"怎么这么耳熟呢？"他按完回头看了我一眼，又把行李接过去。

有的时候我会跟很多朋友感叹，我有一个特别好的哥们儿，他叫陈琛。比如刚才，他按完密码，会下意识地把行李再从我手中接回去，这期间不需要我的任何暗示和命令，完全是出于对我的照顾。所以真正的朋友，就是无论你怎样拳打脚踢，无论你开怎样恶毒的玩笑，都对你不离不弃。

"你少废话，前面走着。"我推了他一把，险些被他的肥肉弹开。

"阿姨，我带他回来了！"陈琛不愧是地道的山东人，一侧身顶开房门，紧接着一嗓子，震得隔壁三栋房子都亮了灯。

我迈进走了几十万次的大门，映入眼帘的是满桌的佳肴、殷切的目光、关切的语气、满屋的香氛和着水晶折射出的灯光，还有那个女人的怀抱。

"回来啦！怎么一定要这么急着出院啊？"我妈完全忽略了比门窄不了多少的陈琛，径直朝着我小跑过来。

"你们娘儿俩还真是一家人啊！"陈琛嘟囔着，把行李递给阿姨，自己寻着味儿朝厨房走去。

和你玩的那游戏的那一次
我说得原话是:
你可以拒绝我千万次．我还是喜欢你
你可以骂我．你也可以打我
但别丢弃我，别避开我
再坚持坚持吧!
说不定某一天我会遭遇一场车祸
能像电影导演那样认识你
然后继续生活在你周围
你当然，情不可!

"嗯，回来了。"我回答。

"先洗澡还是先吃饭？要不先洗个澡吧，精神一点儿，满身都是医院的消毒水味。"

"好。"我点点头，瞟了一眼在厨房里不用筷子就可以进食的陈琛，朝楼上走去。

"哟，陈琛啊，阿姨煮汤了，我先给你盛一碗你垫垫，一会儿等他洗完澡，我们一块儿吃。"

"不用，阿姨，我不饿，我最近减肥呢！"

"真是屁话！"我厌恶得连头都没回。

水流撞击大理石地面的声音让我清醒了很多，哗啦的水声夹杂着一楼传来的交响乐。我妈不喜欢这种音乐，一定是陈琛又在装文艺。

我换上浴袍走下楼梯，刚刚洗完的头发还滴着水。

"你怎么不吹吹头发？还滴水呢！"陈琛满嘴都是我妈煮的汤，但传递出来的却是喝着红酒的感觉，左手并拢捂住嘴，做惊讶状。

"护发，闭嘴，喝汤。"我指着他却没看他，朝厨房走去。

屁股落定，一眼就看出，今晚的菜虽多，但没有一样是阿姨做的，都是我妈亲自下厨，因为颜色不是太可人。

小的时候，我记忆最深的就是我们家的晚餐。

爸爸每天和他的兄弟们出门"劫富济贫"，带着一帮兄弟混来混去。唯一不变的就是他回到家会做一大桌子菜，款待他的各位兄弟，每天的晚餐都要在9点后结束。

后来爸爸不回家了，妈妈一个人做饭。

菜开始越来越咸、越来越难吃，因为妈妈一直不会做饭，只会帮爸爸打下手。

她不知道酱油和盐一起放会很咸。

爸妈离婚后，我就跟着奶奶生活了几年。

饭菜又开始越来越香，虽然颜色不好看，但我一吃就是很多年。

所以今天这些菜，从品相看就是我妈亲自做的。

"我煮了黄豆猪脚汤，还给你炒了丝瓜炒鸡蛋，你不是喜欢吃吗？"她坐在我对面，给我盛了一碗汤。

"嗯，好吃。"我没有抬头看她，一直吃着碗里的饭。因为我知道，我只有使劲儿吃，她才会满足。

天下的母亲都一样。

"明天我带你去医院看一下，看看究竟是怎么回事，这次不像是酒精中毒。"她叠起双手放在桌上，像我们上课听讲时看着老师一样。

"不用，我得回公司了，现在正好是最忙的时候。"我喝了一口汤。

"别老不当回事！身体是第一位的，钱再多又能怎么样呢？没有了好身体不还是得不偿失……"她开始絮叨。我不接话，这是我的习惯。

父母的唠叨，你要学会听着，学会受着。

几十年后，或者忽然有一天，这些话就不会再出现。

我有个发小儿，在汶川地震的时候躲过一劫。去年同学聚会，他讲他当时的经历，命大的他被夹在倒下的房梁和书柜形成的三角区域里。整整三天，他想的都是这辈子还没孝敬父母，还没恋爱、结婚，还没做成的事情太多了。那次，他的父母在地震中遇难了，他跟着姨妈生活。

后来，我习惯性地跟我的每一个学生和朋友讲，人这一辈子要学会惜福。有人唠叨你，是福；有人挂念你，是福。不要等到灾难降临时想：我这辈子还没有逼过自己。

活着不知足、不努力，枉做人。

"我知道了，等忙完这阵子就去做个体检，放心吧。"我应付着。

正聊着，手机响了，是我爸发的短信。

他告诉我他又要买房子了，就是为了离我近一点。

有多久没有试着和这个人去沟通了？半年，一年，还是更久？

男人多半不擅长煽情，我更是没有体会过慈父的殷切。但是我知道，他在关心我的身体是不是康复了。

人活着，总有那么几个你不想一个人走的角落，尽管很多年后伤痛已减，但还是控制不了地想逃避，给自己找一个圆满的理由，不用去自责。

他欠了我和面前的这个女人太多道歉。

我记得饭后帮他拿报纸，因为拿错了，他一碗热汤全部泼在我身上。我疼得满院子打滚，他继续看他的报纸。

我记得每天晚上和妈妈躺在床上看电视，心思却完全不在电视的内容上。因为我和妈妈在想着同一件事：今晚他会不会喝多？回来会不会打我们？巷子口的车喇叭是不是他回来的征兆？

我记得我用学校发的用来画画的纸筒疯狂地敲打着他的头，谴责他，唾骂他，诅咒他不得好死。

最终，他们离婚了，在那一年大雪纷飞的时候。

家属区的院子就那么大，再碰上几个喜欢讲是非的邻居，很多本身正常的事情也就变得不正常了。老妈是一个讲体面的人，她最后一次哭是离婚回来的那一天。之后我就再没见过她哭了。她经常告诉我，这个世上没有什么过不去的坎儿，天塌下来有个子高的人顶着，你怕什么？

这么多年来，每每遇到困难，我都会把这句话拾起来。尽管后来我发育得很好，变成了个子高的人。

离婚后的那一年，我妈疯狂地工作，没日没夜地应酬。我很少见到她。

后来生活越来越好，我想要的都能得到。

我把手机放在桌子上，继续听我妈唠叨。

"沈煜伦，刚才肖怀宇他妈古月给我发了个信息，说她找了个买家想收购你的公司。"陈琛放下手里的排骨，满桌子找餐巾纸。

"放她妈的屁!"我把筷子一扔，那盘丝瓜炒鸡蛋飞过陈琛头顶，直接被甩到墙上。

肖怀宇，我的大学校友兼公司合伙人，他的性格极其完美地诠释了星座占卜理论的可行性，行事我行我素，亦正亦邪。如果不是因为当年的同窗友谊，很难解释我为什么会和他合作。

毕业后，我到一家刚起步的课外辅导中心，边教学边招生。因为是自己的第一份工作，所以做得很卖力，没多久就当上了公司的总监。

后来，我脱离公司，带着几个得力手下，满怀雄心壮志地开拓自己的事业。肖怀宇也就是在这个时候——因为他和政府部门熟悉，我又需要一个专门负责公关外联的伙伴——和我从若即若离的同学关系逐渐变成了合作关系。

经营中的故事很多，后文再提。

拿什么试人最容易呢？拿钱。

我们的生活中有两种人，一种是需要钱，另一种，是需要钱。

这样说没有任何褒贬的意思。

前者是需要钱生存，活着，像我们的大多数。

另一种是需要钱，不管什么时候，钱就是命。

我是一个没有"钱途"的人，在没有钱的时候不知道什么叫作有钱，在有钱的时候依然不知道什么叫作有钱。

不管你是一个什么样的领导，或张弛有度、收放自如，或游刃有余、八面玲珑，你可以一直拥有的不是金钱，不是事业，而是一颗疲乏的心。

公司肯定出了问题。但是就在这盘凝聚了童年情结和慈母心血的丝瓜炒鸡蛋和餐厅壁纸融为一体的时候，我用了一秒钟时间极力让自己平静下来。

我妈没说话，和阿姨静静地去收拾撒了一地的菜。

"怎么了啊？"陈琛差一点儿被自己刚咽下去的排骨噎死。

"妈，我来吧！"我走过去，拿过阿姨手里的抹布，把我妈支开。

我妈站在一边。我能听到她心跳的声音，可是现在我的所有情绪和力量都被压制着在收拾一地的碎片和菜汤，没有余力去安慰她。

"事情总会解决，该来的谁也挡不住。明天我陪你去公司。"我妈说。

心情生病了，情绪软弱了，需要一个人支撑。所以我没有拒绝她。

"陈琛啊，你今晚也不要回去了，陪他住下吧，我让阿姨给你加床被子。"我妈冲陈琛使眼色。

"哦……好……的……阿姨，不过……我得先给我妈打个电话。"陈琛面露难色地回答。

"你别难为他了，让他回去吧，你不知道他家里的情况。"我跟我妈说。

"没事儿，我先打个电话。"陈琛说完，拿着手机开门去了花园。

"这么大的人了，还是个男孩子，家里那么不放心啊！"我妈一脸疑惑地说。

"唉……"我没回答，低下头继续吃饭。

　　陈琛，小学的时候老爸因为车祸去世了，后来一直是他妈带着他。从我们认识开始，有他出现的地方就一定有他妈的身影，虽说不上形影不离，但也算是半个影子的类型。刚到学校那会儿，因为学校统一要求住校的问题，陈琛他妈和学校纠缠了半个多月，最后拗不过学校的制度，一步三回头地把陈琛送进了男生寝室。

　　单亲家庭的孩子这样的情况很正常，起初我也没有多想。后来听了陈琛跟我讲的他和他妈之间的一系列琐事，我就真的开始从心里同情他了。

　　"我妈竟然同意了，难得啊，看来我妈今天心情很好！"陈琛一边嘟囔着一边推门进来。

　　陈琛洗漱完毕，穿着一条内裤就走出了洗手间。

　　"你注意点儿成吗？"我厌恶地看着他的一身肥肉。

　　"什么啊，又不是没见过，天天睡你下铺也没见你叫。"他不屑地摸着自己像怀了六个月身孕的肚子。

　　"换件睡衣吧，我累了。"我把头转过去，手指了一下柜子，关了我这边的床头灯。

　　五分钟后，他还在窸窸窣窣地翻衣服的声音让我头痛欲裂。我怒吼着坐起来，问他到底要干什么。

"我都穿不进去啊！"

"你不嫌冷就别穿了，你身上都自带三层'睡衣'了。晚安！"我重重地躺下。

我从小就有一个毛病，睡觉的时候容易惊恐，症状是在刚刚迷糊的时候，通常会梦到前面有一个大坑，自己走着走着就突然掉进去了，然后整个人就吓醒了，身体剧烈反应。

今天也是这样。

"哎哟，我的妈啊！（二声上扬） 吓得我孩子差点儿生出来！"我剧烈的颤动吓得陈琛猛地坐起来。

"哦，我做梦了。"我没睁眼，换了个姿势。

"你要是睡不着我们聊聊天，瞎子都看出来你不开心了，人家专家说了，生着气睡觉容易诱发各种癌症。"他喝了一口水。

"怎么喝水就呛不死你呢？怎么吃饭就噎不死你呢？怎么我每次一难受你总是这个去世那个癌症的呢？你怎么那么关心我呢？"我重重地捶了他一下。他肥硕的胳膊上立刻出现了四个手指印。

"物体间力的作用是相互的。我跟你说啊，你打胖子不能打胳膊，因为这里不疼，真的不疼。你手疼不疼啊？"他问我。

我回过身去躺下，没理他。

死寂的一分钟后。

"你为什么会失眠啊？"他在后面幽幽地问我。

"你怎么睡不着啊？"他又问我。

"陈琛！我失眠你大爷！"我感觉自己已经失去了理智，瞪着通红的双眼看着他。

"好好好，睡睡睡……"他嘟囔着回过头去。

我梦到了小时候，奶奶家楼后面有一片很大的树林，树林后面就是一望无际的麦田。长大后再也没有见过那么大的树林、那么广阔的麦田。

我和几个小伙伴挖地道，去大坑探险，点篝火烤偷来的玉米，爬到树上去采榆钱，拿回家让奶奶做窝窝头。

那几年，居住的环境还不是现在的样子。从阳台上可以看到很远的地方，风吹着大片大片的麦浪。放学后，我会搬一个小马扎，经常一看就是一个下午，麦田从绿色变成金黄色。现在我还经常想起那个地方。

写这本书的时候，我心血来潮地开了很久的车回去，打算拍几张照片用来当素材，却发现柏油马路已经覆盖了我的记忆，这让我怅然若失了很久。之后那段时间，每次听到李健的那首《风吹麦浪》，我都觉得，如果没有亲身经历过，真的很难体会那种感觉。

那天之后，我做了人生中第一次重大的决定，把公司转让，和肖怀宇各奔前程。

二十多年的青春，身边朋友如潮来潮去，有真心，有假意。对酒朝歌醉，梦醒两岸人。

陈琛，是到今天为止唯一和我保持着联系的朋友。那么多年的社会历练，依然没有消磨掉他开朗的性格、丰富的人生。

陈琛的青春里写满了我们的无所顾忌。我们骄傲地迎接我们喜欢的自己。

无论你走多远，总会有一个称呼把你们拉在一起，虽然这个词有的时候显得陌生、显得空旷，但我还是会在需要的时候叫出你的名字，满足自己，微笑着看着你说一声："嗨！你在！"

因为我知道，身边总会有一个喜欢自己的人，或恋人，或朋友。

无论去哪里，请带我一起走。

常之在想，如果你先看到的人是我，

今天会不会变成你来暗恋我。

与你相关的，都是幸福的

与你有多近，幸福就有多近

你在哪儿，幸福就在哪儿

Chapter 2

所有单亲家庭的孩子都应该跟我一样骄傲，

因为我们有幸陪着妈妈度过了人生最艰难的前半生，

并且注定和这个为我们倾尽所有的女人继续欢笑和成长下去。

单翼飞翔

我经常收到天南海北的小家伙发给我的私信："美伦，美伦，我爸妈今晚又吵架了，我觉得好痛苦。""美伦哥哥，你告诉我，怎么才能终结这种畸形的家庭关系？"等等。

每次读完我都像重新看了一遍童年的回放，尽管内容和人物不同，但是单亲家庭这个成长前提，让我很容易和他们产生共鸣。

有一次，我有幸见到一个追随了我两年多的粉丝。他告诉我来自单亲家庭，觉得自己心理上和别的孩子不一样。因为他经常感到没有父亲的孩子好像很容易受欺负。

我告诉他，这跟单亲家庭一点儿关系都没有，单亲家庭的孩子往往更容易理解生活的曲折，更容易坚强。因为没有任何理由不坚强。

单亲家庭的孩子是最优秀的，因为他们在逆境中依然茁壮成长，充满希望。

看我，看肯小兔，我们都是自己人生的赢家，如今我们是双方家长眼中的骄傲。

虽然父母离异后我鲜少和亲人团聚，但是血浓于水的神秘之处就在于，在任何情况下你都能奋不顾身地保护自己的亲人。

很多年前看过一则国外的公益广告。

讲的是一家大型公司在网络上进行人员面试，首先由面试官进行职位介绍。

"这个职位可以说是全公司的核心职位，需要从业者通晓各个领域，工作内容基本涵盖所有部门，需要在完全胜任的情况下不产生怨言。你暂时可以把这个岗位叫作运营总监。从事这个工作，基本没有任何休息的时间，每天要工作12个小时，如果有突发状况，你可能24小时都没有时间休息。在工作时间内，不可以坐下，你要随时准备接手任何工作。最主要的是，这份工作没有任何报酬，是的，你没听错，没有任何报酬。"

职位介绍完毕，几乎所有的面试人员都在与面试官进行激烈的互动，有的人说这完全不合常理，违背法律，有的人说"It's impossible（这是不可能的）！"

经过一番激烈的讨论，在所有人员沉默后，面试官说："这份工作，就是我们的妈妈。"

没错，这就是我们的妈妈。

24小时无休止，随时准备接手我们的任何突发指令，无怨无悔、不计报酬地付出。

小学时，有一次班会，老师出的题目是让每人写一首诗赞美自己的妈妈。那时候恰逢父母的感情出现危机，家庭分崩离析。

后来在班会上，老师红着眼睛念了我的诗：

我用稚嫩的双手摩挲着妈妈的眼睛
它们红得像燃烧的晚霞

我问，爸爸是不是不会再回来了
妈妈只是紧紧地抱着我
不知过了多久
我哭累了，睡着了

在梦中，我感到了妈妈像棉絮一样温柔的眼泪
它们坚强地在我脸上穿梭着
让那个寒冷的冬天有了羽毛一样的温度
却难以掩盖咸咸的哀殇

当时我还特意查了字典。

因为本应该是"哀伤"，但是我觉得"殇"这个字比"伤"的笔画多，显得有学问，应该比"哀伤"的程度更深，所以选了"哀殇"这个词。

后来班主任特意给我妈打了个电话，让她一定要好好地把我往诗人这个方向培养，因为我是她见过的在诗歌方面最有潜力的学生。

虽然，她是刚毕业，第一年当老师。

后来，我的诗性被班主任激发出来。母亲成了我创作的主题，期末时，另一首诗被刊登在了校报上。我用十块钱在学校门口买了二十包酸梅粉，换来了全班同学的报纸，拿来收藏和送人。

午夜梦回

总会有一朵楚楚动人的百合花

在灯光下初绽娇嫩

天主教说，百合花是圣母马利亚的象征

清纯　平静　坚韧

我感觉，它像极了我的妈妈

每晚睡觉

我都会在妈妈身上闻到阵阵花香

这是世界上最香的味道

年少不知亲情好，失去方知情意重。

和老妈分开的那些年，我做很多事情的时候都会回忆起她的样子，设想同样的情况她会如何处理，会如何唠叨我，常常讶异于原来唠叨也可以被想念。

"好像我一定要回家，好像我一定需要你的照顾，好像只有你才可以拯救我，好像我从来就没有离开过你。"

青春期那几年很叛逆，给我妈写过这么一张代表个人独立的字条。

后来工作了，越来越觉得守在家人身边才是真理，和老妈的关系也越来越融洽。

现在老妈早已经赋闲在家，每周都被我强拉着去健身房，偶尔和我八卦她最近知道的明星绯闻。

所有单亲家庭的孩子都应该跟我一样骄傲，因为我们有幸陪着妈妈度过了人生最艰难的前半生，并且注定和这个为我们倾尽所有的女人继续欢笑和成长下去。

关于童年仅有些许零星记忆，整理记录旨在送给一辈子倾尽所有来爱我的妈妈，希望她永远健康、开心。

喜欢你

我可以放下尊严·放下脾气·放下倔强

唯一放不下的却是喜欢你这件事本身

夏翔炫儿 ♡

Chapter 3

这个世界上，爱情以很多种方式存在着，

或热烈，或平淡，或浪漫，或悲情。

有那么一种人，一边骂着你，一边为你撑伞。

写给我们在或不在的爱

1

二叔躺在病床上。我握着他水肿的手，闻得到他呼出的内脏腐烂的气息。

我咬着牙，忍住眼泪，我说："叔啊，我来了，叔啊，是我，我来了。"

入院的时候，大夫直接告诉我们，二叔已经是肝癌晚期，肿瘤已经大得没有地方继续生长，癌细胞挤满了肋骨间的缝隙，肿瘤硬得像石块。开不开刀意义都不大，剩下一个月时间还不如带他回去好好照顾一下。

当年父母恋爱的时候，每次发生矛盾都是二叔从中协调。妈一直跟我说，二叔是整个家里最讲道理的人。知道二叔得癌症的时候，妈抹了几个晚上的眼泪。

妈赶到医院，一边攥着二叔的手，一边掉眼泪，嘴里不断地嗫嚅："军，我是你嫂子，你能看见我吗？军，我是你嫂子，你能看见我吗？"

二叔看着天花板，说不出话，眼泪一串一串地往下淌。

妈帮他把眼泪擦掉，边哭边说："没事儿，别怕，没事儿，咱不怕，啊！"说完就把头背过去抹眼泪。

二叔年轻的时候去过很多地方。这些是我后来在相册上知道的。

照片中的二叔右手掐着腰，梳着那时最流行的长发，斜靠在泰山的石碑上，茶色的墨镜反射出他的青春，如水般清澈，如鱼般自由。

过去的相册都是一大本一大本的，封面都很厚。有的时候因为照片多，不得不两三张塞到一个格子里面。二叔的相册就是这样，鼓鼓囊囊一大本，每个格子里的封面照片都是精心挑选的：骄傲的表情，不羁的青春。

最后的那本相册，封面上用流畅大气的行书写着：

"我愿青春是一抹斜阳，给予我最浓烈的力量，照耀你我最美的时光。"

二叔是一个浪漫的人，年轻的时候游历了祖国的名山大川。他经常背着吉他，抱着手风琴，在山顶一坐就是一个晚上。他对星星唱着他的寂寞，用音符收藏他似水年华的记忆。

小的时候，还不像现在这样漫天雾霾。我每次周末去奶奶家，二叔都会带着我去英雄山广场放风筝，拿着一大盘鱼线。他说，这样的线最适合放风筝，结实耐用，美观，不易被发现。

现在看来，他的青春也是一条鱼线，活得有质感，爱得最洒脱。

入院后的第一周，二叔的状况有所好转。我第一次和妈去看他的时候，病房里只有隔壁两张床的病人，一个老太太和一个大学生。

我和妈正纳闷二叔去哪里了，就听到二叔浑厚的声音震动着共鸣腔从背后传来。

"嫂子和小伦来啦。"

我和妈转过身去，一个近乎陌生却又熟悉得不能再熟悉的男子夹着饭盒走了进来。

我的心里难受得一阵抽搐，面前的这个男人最多有90斤，因为过于消瘦，两只耳朵显得大得出奇，脸上的颧骨高高突起，双颊凹陷，导致轮廓异常分明。虽然只说了一句话，但我清楚地看到二叔的牙齿脱落了很多，剩下几颗发黄的门牙孤零零地戳在那里。

"军，到底怎么了，怎么这么突然？"妈关切地问，眼睛开始发红。

"两三年了，总是感觉左边隐隐地疼，一开始也没当回事儿。"他边说边把饭盒放下，挤出一个熟悉的笑容，倚着墙，坐在床边的一个小马扎上。我看到他肿胀的脚把一双黑布鞋撑得鼓鼓囊囊的，跟他裤腿里瘦得只剩下骨头的腿形成巨大反差。

"后来过了一年，有一天我睡觉前翻身，突然摸到了一个东西，很硬，我就知道坏事儿了。"他像讲悬疑故事一样，完全没有自己就是主人公的感觉，"但我还是没有往那一块儿想，因为家里太难了，我得工作。"他边说边拿起窗台上的香蕉，剥了一根递给我。

妈赶紧接过香蕉，说："你不要忙了。"她不想让二叔多费一点儿力气。

看着眼前的这个男人，我一句话也说不出来，满脑子都是他教我写毛笔字和放风筝的画面。

"嫂子，我太难了，累啊！"他看着病房门口，呆视半晌后吐出这么一句话，然后又陷入沉默。

妈红着眼睛看着他，难受的表情就像看着自己的孩子，她心疼地拍了拍二叔的肩膀。

"后来搬货的时候就总是感觉没劲儿，小便的时候开始尿里带血。"他拿出病历，"我去过一个男性的专科医院，大夫说我是前列腺炎，给我开了一堆药，也没见好。后来小便开始疼，我怀疑是不是肾结石或者尿道结石，所以才会尿血，但治了一段时间还是没用。"他懊恼地捏着病历，看着地面不说话了。

"怎么瘦成这样子才来医院看？叶子做什么去了？"妈责备地问他，话语里充满了怜惜和愤怒。

叶子是二叔的老婆，在商场里做导购员，比二叔小八岁，长得算漂亮的类型。爸妈离婚前的那些年，每次我们去奶奶家过春节，她都会教给我妈最新的美容秘方，比如用鸡蛋清和着蜂蜜，用番茄汁蘸着敷脸。

但是她有很多缺点：泼辣，爱钱，爱吵架。

每年春节，爸妈都会大吵一架，但在这之前，需要先经历一场二叔和叶子之间的大战。理由一般都是二叔还想再喝一点儿酒，叶子便当着全家的面掀翻桌子，被二叔掌掴后，俩人便打作一团。

其实，我到现在也不知道二叔为什么会跟她结婚。可能男人都一样，喜欢漂亮的女人，别的不重要。

在叶子之前，二叔有一个交往了很多年的女朋友，叫静子，我叫她静姨。

小的时候，我和小伙伴们在奶奶家门口的胡同里打闹，静姨一来，我就跟在她屁股后面要礼物。她也很疼我，大到手风琴，小到进口的巧克力，我都收到过。在那个年代，这些东西着实让我在小伙伴们面前出尽了风头。

静姨唱歌很好听，跳舞也很好看。有一年春节，静姨和二叔一起在奶奶家跳舞，我记得他们的舞姿，曼妙得像天上的霞。

也许很多人都是这样，喜欢的往往最终不会得到。静姨和二叔最终分手的时候，全家都在责备二叔。后来，听说静姨是在演出的时候认识了一个老板，跟着老板走了。

"嫂子来啦？" 叶子比曹操跑得还快。我妈刚问完二叔，她就轻盈地跨进了病房。

"嗯。"虽是妯娌，但妈没有过多地跟她寒暄。

妈拍了拍二叔的手说："军，我走了。"

二叔坚持要送我们出去，我和妈拗不过他，便搀着他慢慢地走出病房。

"嫂子，我一定会好的。你放心，我一定会活下去的！"二叔走到一半突然停下，看着我和妈说。

妈的眼睛又红了，回头从包里取出事先准备好的两万块钱塞进二叔手里。"军，嫂子帮不上你什么，这些钱你先拿着，别委屈了自己，想吃什么就买什么，钱是身外之物，自己的身体最重要，花完了嫂子再给你拿。"妈边说边掉眼泪，使劲儿往二叔手里塞着。

二叔是个倔脾气的人，这一刻却没怎么推托。他单手握着钱，眼泪大滴大滴地掉下来，浇透了尊严。

"谢谢嫂子，你也注意身体。"二叔用手撑着扭曲的身子，斜靠在扶手上，看着我和妈进了电梯。

电梯门关上后，妈开始抽泣。我心里也难受得要命，别的什么也做不了。

奶奶家里人丁不旺，姑姑是大姐，男丁除了二叔就是我爸了。姑姑家里最困难，常年租房子住在郊区，忙着赚钱养家糊口。二叔病了以后，姑父每天往医院跑，剩下姑姑一个人做点儿小生意勉强度日。爸自己的事业乱七八糟，更是照顾不上，只能中午去送一顿饭。所以大家倒班照顾二叔，我偶尔白天会过去顶一下班。

2

"你说说你算个什么男人，每天就是半死不活地躺在这里。乐乐在她大姑家，每天上学都是一个人，你能放得下心吗？"

第二天一早，我没去公司，打算去医院陪陪二叔。还没进病房，就听到叶子的吼声穿透病房的隔音门传到了走廊上。

我推开门。

叶子正站在二叔床尾，不情愿地转着升降杆，把二叔后背下面的床一点一点地摇起来。她骂骂咧咧地说："别人家的男人都在外面挣大钱，你不工作也就算了，连我也不能出去工作了，还要天天照顾你！乐乐早晚得饿死在家里！"

隔壁床的老太太实在受不了她咒骂的嗓音，一边叹着气，一边拿着饭盒去楼下准备打饭。另一床的大学生因为病情刚发现，状态比他们都要好一点儿，看到这个阵仗，赶紧站起来扶着老太太一起走出去。

"二叔，我过来了。"我轻轻地跟二叔打招呼，把水果放下，走到了床前。

"小伦来了啊！"叶子尴尬地转过头来看着我，边笑边起身塞了塞二叔腿边的被子，戳在原地不知道怎么解释自己刚才的行为。

"我过来看看二叔。"我边说边从被子下面拿出二叔的手，看着一手的针眼，我难受地抬起头，满眼都是忍不住的眼泪。

"今天好多了，大夫的这个针很管用啊！"二叔笑着看着我，说完又朝着另一个方向艰难地伸过手去，想给我拿一个水果。

"能耐的你！这么有能耐，你怎么不出去工作啊？怎么不出去挣钱啊？"叶子张开嘴对着二叔破口大骂，摔摔打打的，弄得铁皮柜嗡嗡地响。

二叔尴尬地回过头来看了我一眼，低着头不说话。

我用力地捏了一下二叔的手说："我先走了，叔，过几天我再过来！"我没有理会一边的叶子，起身在二叔脖子下面垫了一个枕头，看了看点滴瓶，确认没事儿以后，转身就走了。

三天后，我爸给我打电话，说二叔还是坚持做手术，一次手术要花十几万块钱。大夫跟他和我大姑说，手术做了也白做，他自己还受罪，已经扩散到肺里了……

"钱算个屁，手术费我出！"我气愤地挂了我爸的电话。

手术的那个早晨，我早早地赶到了医院。二叔已经穿好手术服，被推到走廊里准备送到五楼的手术室。姑父和我爸早就到了，在一边抽烟。

我走过去，在最短的时间里整理好自己的情绪，一脸轻松地跟二叔说："手术完了，你是想和我出去吃烤串儿啊还是火锅啊？"

我边笑边握住二叔的手。

"你得跟大夫说，千万别把我推错病房啊！"二叔跟我说。

他是在很认真地跟我说。

我突然控制不住自己的情绪，转过身说要上个厕所，扭头跑到厕所，眼泪哗哗地往下淌。

人在濒死时刻显得那么脆弱，不管你的外表有多么坚强、多么安详，离开时你都是孤单的，看着你离开，关心你的人都会心碎。

我和姑父还有我爸把我二叔推到五楼的手术室，这期间二叔一直看着我们，说看一眼少一眼了。

我说："你别说话了，我一走神就把你推到妇产科去了。"他就被我逗乐了。

可我心里难受得要命。

我们不能进手术室，所以只能推着二叔停在门口。护工推着二叔进了手术室，大门关上之前，二叔用尽全身力气抬起头看着我们，一直仰着脖子。

"叶子怎么没过来？"我有点儿生气地问我爸。

"好像是得先回公司请个假。"我爸说。

"二叔这是要动手术了啊,什么事情还不得挪到后面处理?这要是以后都见不到了怎么办?"我很想骂脏话。

正说着,叶子不紧不慢地走了过来。

"大哥,军已经进去了吗?"她问我爸。我厌恶地走到姑父那边。

我曾经想过很多次自己离开的方式。

如果我是英年早逝,那么离开的时候,我希望我的爸爸妈妈和爱人都能在床边陪着我。还有陈琛,我的一众好朋友,他们都安静地微笑着看着我,如此,我也会在微笑中离开。

所以,人之所以害怕死去,皆因为心愿未了。心爱之人依然在这个世界上,你会担忧他今后的生活,担心你的离开会不会给他带来持续的孤单和落寞。

遗憾总是贯穿在人生中,而我们总是在遗憾中经历着让我们更遗憾的事。

3

六个小时的手术很顺利。二叔进了重症监护室。

几天后，我到昆明出差，给我爸打电话问二叔的病情。他说，二叔恢复得挺好，人胖了几斤，现在只要坚持做化疗就可以。

我很开心，觉得人只要有信念，只要肯坚持，就没什么过不去的坎儿。

4

三个月后，我爸给我打电话，让我和我妈赶紧去医院。二叔不行了。

一路上我都在纳闷，不是说病情已经好转，人都胖了吗？怎么会突然不行了？

一进病房的门，我就看见二叔形容枯槁地躺在床上，衣服像直接盖在竹竿上一样，露出一根根骨头的形状。

二叔只能看着天花板，眼珠已经不能转动了。他像条离水的鱼，半张着嘴，不停地哈气，只能勉强用手指碰碰我们，眼泪一串一串不停地往下淌。

我说："叔啊，我来了，我是小伦，我来了。"

我妈握着二叔的手哭着说："军啊，我来了，嫂子来了。"

二叔的嗓子里挤出嘶哑的呻吟，眼泪顺着隆起的颧骨淌进耳朵里，腐烂的气息充斥着病房。

我扭头问我爸到底是怎么回事儿。我爸说都是命，说完挥挥手，示意我不要再问了。

大夫说："现在能用的药都用上了，你们家属不能这么多人都在这里，只能留一个人。"

姑父留下了，我和爸妈走出医院，三个人都没有话说。说实话，如果不是二叔，我想我们三个人很难有机会凑到一起。

"军手术以后其实只是回光返照，大夫说切了病灶以后，他会有一个短暂的康复期，之后扩散的癌细胞会继续生长，到时候还是这个结果。"爸抹着眼泪说。

"前段时间，军每天下午骑着他买的一辆二手电动车，先去医院打针，打完了就来找我。"他边说边拿出一把车钥匙，"车现在还在楼下放着。也怪我，那天不应该顶他，应该顺着他。"

二叔出院后，每天都坚持康复治疗，家人隐瞒着他癌细胞继续扩散的事实。所以在对病情全然不知的情况下，他的精神恢复得很快，每天打完针都会来找我爸聊天。

有一天，二叔说要把医保恢复，以后一定要重视健康，好好地活下去，好好照顾乐乐。

　　我爸说："你别捣鼓了，你的医保停了那么多年了，很麻烦。"

　　二叔这个人很倔，那天走了以后再也没找过我爸。

　　后来有一天，我爸去家里看他的时候，他已经快回到住院前的状态了。

　　二叔一个人躺在床上看着天花板，动弹不得，床边放着饭，身边却没有他的老婆。

　　他解释说，叶子得上班赚钱，要不然孩子怎么办。

　　结果没过多久，他又一次住院，癌症来得比之前更猛烈。

　　旁边的大学生跟我爸说，二叔刚进来，神志还清醒的那几天，和叶子说得最多的，就是关于他死后买墓地的事儿。他反反复复地交代叶子一定不要给他买好的墓地，说他自己已经在网上选好了一块，就在爷爷奶奶下葬的那座山的旁边。那里是私人承包的，虽然地理位置不好，但是价格便宜。他让叶子不要在这方面浪费钱，说只要以后有个祭奠的地方就行了，省下的钱给乐乐留着上大学。他嘱咐叶子一定要按照他的交代去做，还说让乐乐长大了要经常去看他。

　　但叶子每次一听到买墓地的事儿就破口大骂："你他妈的，你都快死了还惦记着让我花钱！买什么墓地啊，你趁早别死，你也死不起，你一死我不得卖房子才能买墓地埋你啊！"

听完我爸讲的这些，好像有几万把刀子戳进了我的心脏一样，我难受得恨不得把它掏出来。

没等我和我妈走到家，我爸就来了电话，说二叔不行了，让我们赶紧再回去。

我和我妈又发了疯一样地往回赶。

等我们赶到医院的时候，二叔出乎意料地半坐了起来，他仰着头呜呜地叫，手一直指着桌子下面的柜子。

大家都到齐了，叶子也来了，乐乐年龄还太小，我们让她看了一眼就让护士带出去了。所有人都哭着看着二叔，不知道他要干什么。

他着急得呜呜地乱叫。

旁边床的大学生走过来，贴到二叔的耳朵上，大声喊："叔，是不是要那个包？啊？"

二叔竟然奇迹般地不叫了。

我们都不知道是怎么回事儿，只能干瞪眼，看着大学生从柜子最里面掏出一个手提袋。

　　大学生打开袋子，拿出来一个首饰盒、一张银行卡、一封信。

　　二叔又开始呜呜乱叫。

　　"叔，你别着急，我帮你念！"大学生在二叔耳朵边喊。

　　二叔又不叫了。

　　我终于可以在中年的时候，负责任地讲一句"我这一辈子"这句话了。

　　叶子，我最近躺在病床上一直在想，想我们恋爱那会儿，带你爬到山顶，我们吹着风，你指着远方问我那里是哪儿。然后我搂着你，指着远方告诉你，那是我们将来的家啊，我要在那里给你建一栋大房子，让你和我们的孩子幸福一辈子！我越想越觉得这辈子欠你的太多，乐乐还这么小，今后就要全拜托你了！

　　尽管你平日里经常对我大喊大叫，但是我从来没有怪过你，因为我身体健康的时候也经常吼你，所以我们算是扯平了，好吗？你是一个坚强的女人，夫妻两个人共同在一个屋檐下生活，哪有不拌嘴的？我给不了你幸福，那就给你一副最忠诚的皮囊，让你吼一辈子。本来打算八十岁的时候还让你继续吼，结果我要提前撤退了，想想还是亏欠你很多。

我有一张银行卡，是我的私房钱，希望你不要责怪我。这张卡里面有一万块钱，是我留给乐乐上学用的。我知道你曾经发现过这张卡，但是偷偷拿去试了几次都没有猜对密码，最后给我放回来了。小傻瓜，密码是我们认识的那一天，你肯定记得日子。

然后，请你帮我谢谢旁边床的这个小兄弟，他帮我完成了一件我自己做不到的事情。还记得前年逛街的时候，你看上的那一对戒指吗？那时候家里条件太差了，我拉着你走开，那是我这辈子做的最后悔的一件事。前几天，我让小兄弟带着我去商场，想把那对戒指买回来，结果人家售货员说那一对早就没了，我那个后悔啊！我只能买了一对差不多样式的，希望你不要不喜欢。

老婆，结婚那会儿也没有给你买件像样的首饰，这么多年苦了你了，请你自己戴上吧，然后帮我也戴上，算是给咱们的婚姻画个句号。

最后，没能带你周游世界，没能给你最好的生活，我真诚地跟你说句对不起！老婆，我爱你！

病房里所有的人都哽咽了，我们都静静地看着二叔。他呜呜地叫着，仿佛连哭的力气都没有了，大滴大滴混浊的泪水从眼角溢出滑落到耳朵里，泪滴照耀着青春，浇灌着他最后的生命。

二叔于当晚8点25分去世，终年48岁。

5

二叔的火化仪式在城郊最小的火葬场举行。这也是他事先挑好的。

我没想到的是，二叔被葬在了爷爷奶奶所在的那个公墓里，在山腹最显眼的位置。从那里放眼望去，竟然可以看得到他和叶子曾经爬过的山，还有那片他们憧憬过的家园。

爸告诉我，二叔走了以后，叶子拿出了一大笔钱，选了那个公墓风水最好的墓穴。所有的钱都是二叔生病期间叶子在外面的快餐店兼职赚来的，一个人每天打三份工。

没有时间来照看二叔，却用另一种方式争取着。

我爸说，二叔被殡仪馆从医院拉走以后，叶子每天一个人坐在二叔住过的病床前，依旧骂骂咧咧地对着床说话，听不清她在骂什么。护士和医生一开始还好声好气地劝她离开，后来看不起作用就直接架着她往外拖。

结果，叶子每天付了床位费，依旧在那里骂骂咧咧。旁边床的老太太每次看见她都回过头去抹眼泪，逢人就说这是她第一次看见这个恶毒的媳妇儿流眼泪。

叶子得了抑郁症，每天精神恍惚，乐乐不得不暂时住到了大姑家。

这就是二叔和叶子的故事。

这个世界上，爱情以很多种方式存在着，或热烈，或平淡，或浪漫，或悲情。

有那么一种人，一边骂着你，一边为你撑伞。

收拾二叔的遗物时，大姑把相册留给了我，说给我留个念想。

我打开相册，照片中的二叔右手掐着腰，梳着当时最流行的长发，斜靠在泰山的石碑上，茶色的墨镜反射出他的青春，如水般清澈，如鱼般自由。

相册的封面上用流畅大气的行书写着：

"我愿青春是一抹斜阳，给予我最浓烈的力量，照耀你我最美的时光。"

真希望我可以替你承担所有的苦

真希望我可以替你流血.流泪

有时候我会想,

一定是你给的太多

才会在意.的太少.

喜欢上你确实不是一辈子就开始的事

但因想念一次

我确实不脑海里和你走完了好几辈子.

Chapter 4

校园旧旧的大礼堂里，

王巧妹憨厚无邪地哈哈大笑，她的怀里是满脸惊恐的小波，

身边有见证爱情的众人，身后是鲜红且永不褪色的幕布。

葱烧爱情

1

出殡后，我回到医院帮我爸收拾二叔的东西。旁边床的大学生刚做完透析，整个人黄得像根蜡烛。他想起身去厕所，可是折腾了十多分钟也没爬起来。我瞅了瞅他，他正看着我，于是我放下手里的东西过去搀他。

"叔叔那边都安排完了？"他怪不好意思地站起来。

我边把他扶起来，边叹着气说："是啊，回来帮他收拾一下。"

"你们家的人都很好，叔叔一直这样下去也很受罪，对他也是一种解脱。"他往前挪着脚，脸色蜡黄蜡黄的。

"这样的画面对你们很残忍吧！"说完以后我突然觉得很尴尬，在心里暗骂自己不会说话。

"不会，每个人都要经历这一天，只是早晚的问题，看开了也就好一些了。活着的时候就好好活着，走了也不要让家人难过。"
他扶了扶自己的腰，上下牙轻轻咬了一下。

"你家里怎么也没个人来照顾你？我来了这么多次都没看
到。"我纳闷地问他。

他突然看着我说："有啊，不过我家人都忙，顾不上我，但是
我女朋友快来了！"说完他挪进厕所。

等我们回到病房，我爸已经把二叔的东西都收拾好了。

我把大学生搀回床上，回头看见他的柜子上有本书。

"哟，你们90后还有张爱玲的粉丝？"我笑着拿起那本张爱玲
的书。

"你问我爱你值不值得，其实你应该知道，爱就是不问值不值
得。"他边盖被子边随口念出了书里的句子。

我头一歪，意思是小子还不赖。这么想着，我不禁对他有个
什么样的女朋友也好奇起来，我抿着笑问他："你女朋友什么时
候来？"

他没有立刻回答，沉默了半晌。"你能帮我一个忙吗？"他略
带乞求地看向我。

二叔生前，这个大学生没少帮忙照顾，回报他也是应当的。我

没多想就一口应下了。

见我答应了，这个腼腆的小子反而有些不好意思，他支吾了半天才跟我说道："你帮我选一顶假发吧！"说完他赶紧把头低下，然后又侧头看看旁边床的老太太，发现老太太正在午睡，这才舒了一口气回头看向我。

我顿时在心里翻了一万个白眼，心想，你丫简直要超越我了，都化疗成这德行了还不忘记臭美。陈琛要是摊上化疗这事儿，这会儿还不知道在哪里吃安眠药呢。

虽然在心里吐槽了半天，我还是给我爸发了个短信让他先走了。

"怎么个情况？"我问他。

这小子红着脸，结结巴巴地解释了半天，终于说明白了。女朋友和他很久没有见面了，明天要来看他。

我也真的是第一次见到男生可以紧张成这样，提及他的女朋友，他言语中抑制不住赞美和喜欢，让我不忍心打断。

"你小子行啊，还有个让你这么紧张的女朋友！"我拍了一下他的肩膀。

他不好意思地嘿嘿笑着，拿出手机找出一张女孩的照片递给我。

这一看不要紧，我心中顿时有一万头草泥马奔腾而过，这个世界怎么了？

我赶紧抬头又仔细端详了一下眼前的这个小子，大眼睛炯炯有神，鼻梁高挺。虽然因为长期化疗头发掉光了，但是依然挡不住他的书卷气。这么一个唇红齿白、斯斯文文的小伙子怎么会看上这样一个女生呢？

厚嘴唇，大脸盘，丹凤眼，鸡窝一样的头发染得跟黄鼠狼一样，脖子上还露出来一片文身。

把所有你可以想象到夸女生的词语，变成反义词乘以十，就是我当时的感受。

"品味独特，口味略重啊，哥们儿！"我调侃着，把手机递给他，却发现他有点儿不高兴。

我赶紧补了一句："那什么，我是开玩笑的！"

他兴奋地抬起头，想开口说话。

"不过，你喜欢就好！"我实在憋不住，捂着嘴边笑边看着他。

他气得又把头低下去了。

2

大学生名叫刘海波，毕业三年后被分配到市歌舞团。从小学习古典乐，喜欢张爱玲和王小波，是一个具有双鱼座浪漫情怀的男生。

到了团里，第一首曲子还没排练完，他就在单位体检的时候查出了肾癌。

他一遍遍地跟我说着节目还没排完，很可惜，耽误了大家的时间，自己太不争气。

我说他算是走运的，起码体检的时候检查出来了，还是一期，努力配合治疗，康复的可能性极大。我一个姐们儿，怕死怕得要命，半年体检一次。她去幼儿园接孩子放学的时候跟别人的车剐了，她去理论，被人家一刀子送上了天堂。

所以人活着的时候，就得知足，得努力，得时刻告诉自己，你是幸运的。

他听完不住地点头，说："是啊，我现在每天都配合医生的各种治疗，希望可以早日出院。"

我说："你女朋友怎么现在才来？看样子你们很久没见面了吧？"

他说："是啊，我和她之间的经历太复杂了，我们能在一起太不容易了。"

接下来，小波开始给我讲他和他女朋友的故事。

大三的时候，小波他们音乐学院要去隔壁的女子学院进行文化交流。演出的时候，他认识了设计学院的王巧妹——一个地道的东北女孩，样貌豪放，性格更是直爽、泼辣。小波他们演出结束的时候，王巧妹带着众姐妹上台献花求合照，弄得小波很不自在。

演出结束后一周多，小波已经把整件事忘干净了，王巧妹却不知道从哪儿弄来了他的手机号，三餐准点儿报时，提醒小波要注意膳食搭配，每天最适合吃什么蔬菜，每天要喝八杯水……比公鸡打鸣都勤快。

小波对此很反感，不只是因为王巧妹不漂亮，还因为从第一眼看到这个女生就让他不舒服，也说不出来究竟是什么原因，反正就是不喜欢。

转眼到了大四，王巧妹的恒心天地可鉴，从短信轰炸转战到校门口监察。小波大四时准备实习，就在校外租了房子。王巧妹每天都准时把早餐挂在他出租屋的门把手上，尽管大部分都被小波同屋的哥们儿吃掉了。

故事发生转折的那次，是因为小波的自行车。

小波租的房子在一个老式小区。这种小区里租房客特别多，天南海北的人蜗居在这些破旧狭小的空间里，男男女女，老老少少，虽然说不上是鱼龙混杂，但人的素质也是良莠不齐，所以趁着夜色直接往楼下倒洗脚水这种事儿大家也都见怪不怪，顶多第二天早晨抬头朝楼上骂几句出气。毕竟，谁能保证自己没干过类似的事儿呢?

小波倒是可以保证自己没往楼下泼过洗脚水，但是没用，他停在楼下的自行车十次有八次都是湿的。

那一天，清晨的宁静是被骂街声打破的。

小波揉着眼睛打开窗户往楼下一看，顿时觉得头皮发麻，一下子清醒了。王巧妹单手拽着一个中年男人的头发，一下把他扔出了很远，扔完还不算，边骂娘边用脚踹着已经面目全非地蜷在墙角的男人。

小波意识到事态的严重，而且八成跟自己有关，便急忙套了件背心穿着拖鞋冲到楼下，一只手抱住藏獒一样生猛的王巧妹，另一只手捂住"藏獒"各种祖宗十八代层出不穷的嘴巴，拖了半天，终于把硕大的王巧妹拖到了楼上。

王巧妹撸起袖子，露出半条只有在香港古惑仔电影里才看得到的麒麟臂文身，满屋子乱窜。她瞥见柜子旁边竖着一根小波健身用的握力器，抄起来就要继续出去火拼。

小波用尽了吃奶的劲儿喊了一声"嗖够咧（受够了）!"

王巧妹瞬间淡定下来。

　　我打断了他。因为他的这三个字让我笑得前仰后合："你……你当时……什么体形啊？"

　　他看我笑得这么厉害，有点儿摸不着头脑，说："你突然问这个干什么？"

　　我强忍住笑意说："我在想象你瘦得跟麻秆儿似的，还冲着'藏獒'喊了一句带口音的'嗖够咧'，那画面太美我不敢看。"

　　他白了我一眼，不理会我，继续正儿八经地讲故事。

　　小波严肃地质问王巧妹："为什么打人？"

　　王巧妹说她来送早餐，"哗"的一声，一盆水就从楼上泼下来，不过没有泼中她——泼在了小波的自行车上。她当时就恼了，抬头正好看到一个中年男人往回收脸盆，她二话没说冲上楼去就踹开了门，几下就把那个只穿了内裤的龌龊男提溜到楼下海扁。

　　小波听得一愣一愣的，半晌，才支支吾吾地说："那你也不能打人啊，你可以教育他，或者警告他、吓唬他，万一你把人打死了怎么办？"不知道是因为吓着了还是觉得委屈，边说边抹起了眼泪。

　　王巧妹当时听了以后，"呸"一口痰吐在地上，用脚踹了踹，指着小波吼道："你哭什么啊？姐他妈就是见不得你掉眼泪！"吼完又要冲出去找那个龌龊男。

　　小波见势，赶紧止住眼泪拦住她。

　　后来，估计龌龊男也不敢惹"藏獒"，加上自觉理亏，这事儿就不了了之了。不过，打那天起，不只小波的自行车再没被泼过，整条巷子都再没下过"洗脚水"了。

3

　　"洗脚水"事件后，小波没那么反感王巧妹了。他安慰自己，至少大家可以做朋友，有个"保镖"也不错。

　　转眼还有半年就要毕业了，大家都在忙各自的毕业设计。小波早早地就把毕业设计完成了，一直在外面实习。

　　王巧妹那段时间一直在狂赶自己的毕业设计，没工夫对小波"穷追猛打"，因此，原来的"准点报时"变成了"天气预报"，"天气预报"又变成了"周末快讯"。

　　人就是这样子，看上眼的得不到，看不上眼的突然"刹车"，你又会突然觉得怅然若失。

王巧妹周日给小波发信息："你能不能帮我个忙啊？"小波一想，好像一直欠着"藏獒"一个人情，于是就答应了。其实，他没意识到，听到王巧妹请他帮忙的时候，他是有那么一点儿高兴的。

王巧妹请小波到自己的学校，帮助她完成毕业设计。她毕业设计的主题是创意婚纱。

王巧妹弄来了一件特别合身的婚纱，在腰线一圈加了特别厚的瘦身带，把她的"米其林轮胎"都藏起来了。小波想，应该是她自己做的吧，要不然上哪儿买那么合身的婚纱啊。

那天，整个设计学院的学生都会聚在大礼堂里，准备呈现自己的作品。王巧妹请隔壁化妆班的女生给自己化了一个连她亲妈都认不出来的浓妆，当着小波的面一圈一圈地转动裙摆。小波无奈地转过头去，佯装参观其他同学的作品。

王巧妹先安排摄像师听候指令，然后要求小波背对自己站在左前方，她自己则在后面摆出一个雷人的姿势。小波觉得他们像两只在众人面前表演杂耍的猴子一样，他开始后悔答应了这个愚蠢的请求，但是碍于情面，也只能佯装淡定地看镜头。他不知道的是，后面还有让他更后悔的。

王巧妹在后面示意可以拍了，摄像师便一边打手势，一边喊："一、二、三！"

只听得"啊"的一声，小波突然被王巧妹从后面公主抱了起来，这还不是高潮，就在摄像师按下快门的瞬间，王巧妹特深情地、重重地在小波脸上亲了一口。

同学们都炸了锅，大家围过来各种起哄。小波蒙得连挣扎都忘了，王巧妹倒是一点儿也不害臊，把小波放下后，双手抱拳，一脸得意地冲着大家说："见笑了啊！见笑了啊！"

小波又气又恼，他拨开人群，撒腿就跑，一边跑一边不停地用袖子抹着自己的嘴唇，不停地咒骂自己怎么会答应帮这个忙。

后来，王巧妹的这张"创意婚纱"荣登整个毕业设计图册的首页，不只女子学院，整个大学城都知道有一个被公主抱的"新郎"刘海波和一个力大无穷的"新娘"王巧妹。

接下来的几天，王巧妹的短信和电话在早餐和晚餐时对小波轮番轰炸，小波就是躲着不见她。

后来，王巧妹站在小波的门前，大声地宣读自己准备好的稿子，第一句话刚出口，整个楼道的声控灯都亮了：

"波，你让我沉溺在杠杠的爱情中！"

"波，你让我迷失在川流的人群里！"

"波，你越躲，姐就越迷恋！"

……

小波忽的一下把门打开了。

我笑着问他："你不是躲着她吗，怎么又把门打开了？"

他苦笑着说，他这个人爱面子，王巧妹再这么念下去，以后他都不敢出门见人了。最重要的是，王巧妹那句"你越躲，姐就越迷恋！"把他给吓到了，他只得开门相见。

我想象着那个画面，再次笑得前仰后合，问他："接下来呢？"

小波说，从那天开始，他才算真正认真地去了解王巧妹。

王巧妹喜欢黏人，喜欢爆粗口，抽烟喝酒样样在行。最让他惊讶的是，她在学校竟然还有一个姐妹帮，没事儿一起文身和抽水烟。小波问她："你能改吗？"王巧妹说："×，姐改了就跟妓女从良了一样，站着走路都不自信啊！"

我的暗恋、初恋、失恋和暮恋
统统和你息息相关

郭敬明 ♡

小波边笑边看着手机里王巧妹的照片，他说做梦都不敢想，人生中收到的第一束花，竟然是王巧妹送的百合。直到今天，他都没给王巧妹送过任何东西。

我感慨道："那束花就是你们爱情长跑的见证啊，无所谓谁先发了信号枪，你们的爱情开始了。"

那束百合就像一个见证，见证着小波和王巧妹爱情长跑的开始。

他说，他曾经不止一次地想摆脱王巧妹，但就是不能如愿。无论走到哪里，总会有同学或者同学的同学问他："哎，你是创意婚纱里那个男的吧？拍得不错啊！"

他更是不止一次想找到照片的原照和底版，浇上汽油烧个干干净净，一了百了。可是不知道王巧妹把那幅婚纱照藏到哪里去了，再也没有看到过。

4

我说："为什么王巧妹这么久没来看你呢？"

小波回身倒了杯水，然后坐了下来。

他说，他刚过八岁生日，他妈就过世了，因为乳腺癌。他对妈妈的印象一直就停在了那个阶段。

　　我不知道怎么接话，等着他继续往下说。

　　他高一的时候爸爸再婚，找了自己公司的会计。那是一个精明、爱算计的女人，第一次进家门，她就趁着小波的爸爸不在，告诉小波她早晚会生一个宝宝，让小波不要抱太多希望，这个家早晚是她的。

　　好在小波的妈妈是独生女，现在他们住的这套三居室是姥姥过世前留给小波的。所以对于后妈的威胁，小波也没有太过担心。他想，就算以后爸爸不管他了，他还有这么一个地方可以住。

　　小波第一次带王巧妹去家里，准备收拾点儿东西带到出租屋，正好跟提着一大堆购物袋回家的后妈碰了个正着。

　　王巧妹一看是小波的家人，忙摆了个笑脸，准备客客气气地喊声"阿姨好"，结果后妈瞥了一眼王巧妹那条麒麟臂，立马就黑了脸，冲着小波凶起来："你趁我不在回来收拾东西也就算了，还把不清不楚的人带回来，这家里是什么人都能往回带的吗？！"

　　小波当时就蔫儿了，委屈得红了眼睛。

听到这里，我忍不住又插嘴说："你真是够没用的啊。"

他不好意思地笑笑，说他从小就这样。他爸爸对他从小骂到大，后来他后妈来了，更是整天指桑骂槐地挤对他，他的性格就变得越来越软弱了。

我叹了一口气："怪不得你喜欢张爱玲，细雨柔丝的。"

小波不搭理我，继续讲。

王巧妹一见这情形，火立马蹿上来了。她一把就把小波揽到身后，说："你哭什么啊？姐他妈就是见不得你掉眼泪！"说完，一巴掌就把后妈扇到了一边。

后妈被个小辈儿扇了，怎么能忍？她顶着个巴掌印儿就开始骂娘。小波知道，她这是无形中在给王巧妹注入能量。她骂得越狠，王巧妹的攻击值就越高。果不其然，王巧妹的怒气值被灌满，瞬间爆点，她嘶吼一声，撸起袖子一把抓住了后妈的头发，像打篮球一样，"哐哐"地把后妈的头往沙发上撞。

小波当时没有阻拦，他心里甚至有点儿暗爽。约莫一分钟后，他觉得爽得差不多了，便用手指轻轻点了点还意犹未尽的王巧妹，说："咱们走吧，我饿了。"

王巧妹抹了一把鼻子，按着后妈的脸说："你看清我这张脸，我叫王巧妹，我是他女朋友。"

那天下午，他们刚出门后妈就报了警，三个人都被请到了派出所。小波说，最后他爸爸用一张银行卡解决了后妈，她答应不再追究。王巧妹和小波没过多久就出了派出所。

我说："估计你后妈从那天开始就躲着你们走了吧！然后呢，你和王巧妹怎么样了？"

"涛声依旧呗！"他傻笑着说。

王巧妹进派出所就像走亲戚，出来立马就跟没事儿人一样。可小波的情绪还没缓过来，所以一言不发。王巧妹憋急了，问他："你不是饿了吗？我带你吃东西去，你想吃啥？"

东北人都很爽快，最后王巧妹耗不过他，就冲他说："你跟我吃炖粉条、炒牛筋儿！别废话！"

小波说他当时也不知道怎么了，一把就牵起王巧妹的手说："走，吃！"

他顿了顿，表情特别认真地说，就是突然觉得很有安全感。

我给他总结道："你们的爱情就这么血淋淋地开始了。"

他说："对，血淋淋的。"

那天，才是他们另类爱情的开端。

他们第一次牵手，是在打完后妈从派出所出来的时候。

第一次接吻，王巧妹说教小波游泳，硬是一个猛子扎下去，压着小波呛着水，在水底完成了初吻仪式。

初夜，小波红着脸说，他感觉自己像一只小鸟躺在硕大的煎饼上，那种感觉特别好，特别有安全感。

我又拍了拍他说："真的，你喜欢就好！"

后来，他们的感情进展得很快。王巧妹一如既往地对小波好。他们决定参加同学的集体婚礼。小波说出这个决定的时候，王巧妹兴奋得抱起他满屋子乱跑，眼角的泪水不住地往下淌。

我说真好，有情人终成眷属。

小波的爸爸在外面又买了一套房子，把三居室腾出来给小波做婚房。那天，王巧妹在他们的新婚小屋里整理东西。那段时间她兴致勃勃的，干什么都特带劲儿。

她撅起凳子准备踩着扫屋顶的时候，后妈气急败坏地带了两个彪悍的男人，一脚踢开门进来了。

王巧妹见势不妙，把小波往身后一推，自己挡在前面，指着后妈的脸说："艾玛（哎呀妈呀）！上次揍揍没揍够是吧？"

后妈今天组团来撑场面，自然不甘示弱。她完全没理会王巧妹，冲着后面的小波说："你爸爸虽然答应把这套房子给你了，但是我告诉你，你别想好过了，这套房子我砸了也不会给你！"

说完，她身后的一个男人一拳就把拿着扫帚冲过来的王巧妹抡到一边，稀里哗啦地把屋里砸了个稀巴烂，摔烂了小波和王巧妹的人偶拼图，砸烂了他们为新婚准备的家具。

最后，后妈看着小波床头的相框发笑。小波心里一紧，赶紧起身去挡，但还是晚了一步，"哐啷"一声，后妈把相框扔到了地上，还用脚踩了两下。

"妈！"小波说，他当时冲着相框不停地喊，因为那是他八岁生日的时候，他妈抱着他拍的最后一张照片。

王巧妹看到这个情形，愤怒到了极点，她嘴里骂着"×你妈，老娘和你们拼了！"就冲进了厨房，举着一把崭新的菜刀冲了过来。

　　两个男人见到这个架势，吓得连忙往后一躲。王巧妹扑了空，脚下却踩到碎玻璃，控制不住身体，举着的菜刀劈在了后妈的胳膊上，鲜血顿时喷了一墙。后妈疼得哇哇乱叫，两个男人早就跑得没了影。

　　小波赶紧打了120，说完情况以后，110和120同时来了。120接走了后妈，110带走了他和王巧妹。

　　第二次坐警车，他们两个谁都没说话，只是一直紧紧地握着对方的手。小波的手一直在抖，王巧妹便把另一只手覆在他们握在一起的手上，不停地拍着。

　　后来，小波的爸爸不停地托人找关系，还花了很多钱，总算帮小波脱了身。王巧妹虽不是故意伤人，但因为后妈伤得比较严重，法院判了她两年。

　　宣判的那天，小波在下面哭得不能自已。王巧妹戴着手铐在法庭上冲他喊："你哭什么啊？姐他妈就是见不得你掉眼泪！别哭了！我现在不能过去给你擦！"

我听得有点儿难受，叹了口气。小波的脸上也满是伤感。

"所以呢？她知道你得癌症了吗？"

小波听我问这个，抬起头，眼睛闪闪发亮："我确诊后第一时间就告诉了王巧妹，我觉得，只有她才能给我安全感和活下去的力量。"

王巧妹知道的时候，一拳砸在了见面室的玻璃上，弄得狱警紧张兮兮的，当时就要把她拖回去。

后来王巧妹不停地给他写信，告诉他不要怕，好好治，如果治不好，她就陪他一块儿死。

小波从抽屉里拿出一摞厚厚的信，他笑着说，后来他们都是通过写信聊天，因为一见面两个人就比死了还难受。

我说，那现在呢？王巧妹出狱了吗？

他兴奋地点点头，说王巧妹明天就来看他了。

说完，他又紧张地摸了摸脑袋。

我拍拍他的肩膀，对他说："你放心，包在我身上，我现在就出门给你买，你原来什么发型？波波头还是披肩发？哥一定满足你！"

他笑着说，只要是正常的假发就行，他的王巧妹不嫌弃。

5

第二天，我早早来到医院，小波已经梳洗完毕等着了，我赶紧帮他装扮上。

他一直让我站在窗户边上看着，让我帮他注意着王巧妹来没来，他要提前酝酿情绪。

然后他又不放心地问我："你能不能认出她来啊？"

我看着窗外说："你放心，我绝对能于万千人中一眼就认出你的王巧妹，她太显眼了。"

他瞪了我一眼，假装生气地转过头去。

视野里突然闯入一个人，我几乎都没迟疑，就赶忙通风报信："来了，来了，绝对是她！"

小波赶紧理了理已经很整洁的衣服，用充满期待的眼光看向病房门口。旁边床的老太太为了配合他，坐在床上拿着小波的那本张爱玲的书，戴着老花镜假装阅读。她可能觉得这样会显得病房的档次高一点儿。

造型摆了很久，却迟迟不见王巧妹进来。小波问我是不是看错了。我说："我就是瞎了也能认出她来，我出去看看。"

结果我一出病房就被人重重地撞了一下，一个浓重的东北口音冲我嚷嚷："你瞎啊！"

听到这个声音，我抑制不住得兴奋，果然是王巧妹！只不过比照片上瘦了一些、黑了一些。

我说："你赶紧进去吧，你的王子等得头发都掉光了！"

王巧妹说："你认识他啊？艾玛（哎呀妈呀）！他在这里这么有名啊？你赶紧帮我看看，我这样行不行？"

我说行行行，但总觉得哪里不对劲儿，我拽住她问："这是什么味儿啊？"

她嘿嘿笑着说，在门口吃了个煎饼馃子，葱味儿。哪那么多讲究啊！说完转身就进了病房。

我有点儿被惊到，心想：她真的是学服装设计的？

病房里一阵惊呼，我赶忙进去。只见王巧妹霍的一下就把小波公主抱了起来，这一抱不要紧，小波的假发无声无息地滑落下来。王巧妹见状哈哈大笑："干哈呀（干啥啊），你跟我还整这个啊！"

小波也笑了，那是我见过的最灿烂的笑容。

除去满屋子煎饼馃子的葱味儿，结局还是圆满的。

6

三个月后，小波顺利出院了，他的癌症得到了很好的控制。婚礼前他给我送了请柬，还特别打电话让我一定到场。

婚礼那天，按照事先约定，我特地开着车去新房接王巧妹，刚一进客厅就看到了那幅传说中的"创意婚纱照"，端端正正地被挂在墙壁的最中央。

校园旧旧的大礼堂里，王巧妹憨厚无邪地哈哈大笑，她的怀里是满脸惊恐的小波，身边有见证爱情的众人，身后是鲜红且永不褪色的幕布。

把你的生活习惯做成了时间表

在你的时区和轨迹里.

插你的习惯生活

碰巧了无数次后,我活成了你的样子

（签名）♡

还没与你初衷，
每一初却像无意了一万次一样

签名 ♡

Chapter 5

我们以为站在永不落幕的舞台上，其实身边遍地是坠落的花枝。

万物循环往复，我们的交集在宇宙中永远产生节点。

老太太和丁丁的故事

1

二叔住院的那段时间，我每周都会过去一趟，临走的时候会喊我爸过来替班。

因为病房特殊，这里的病人一般都少不了人在身边照顾。但我来了这么多次，发现旁边床的老太太好像从来没有什么亲属来照顾，甚至没有什么家人来探望，这点一直让我感到很奇怪。

所以，那天我走之前特意去问她需不需要帮什么忙，然后向她表达歉意，因为二叔平时晚上总是疼得翻来覆去的，有的时候吵得大家都睡不好，给他们添了不少麻烦。

她先是摆摆手说没关系，然后又顿了顿，伸手招呼我过去，小声跟我讲："小伙子，你帮忙给我儿子打个电话吧，让他来一趟。"

说完，老太太拿出手机，戴着老花镜找了半天，给我拨通了她儿子的电话。

挂了电话没多久，我正纳闷为什么她自己不打电话呢，一对中年夫妻就来到了病房。他们谢过我之后便开始边跟老太太家长里短地聊天，边给她梳洗收拾。中年女人在一边给老人削水果。

我说："你们来了就好，那我就走了！"我转身出了病房。

我看了看手表，已经过了替班的时间，便到走廊上给我爸打电话问他怎么了。他说临时有点儿事，让我再等等。打完电话我转身想回病房，却发现中年男人在门口站着。

他见我打完了，便走过来，笑着跟我说："抱歉，忙着给老太太收拾，没顾得上好好谢谢你！"

我说应该的，都是一个病房的，都不容易。

他说是啊，他妈去年查出食道癌，之后整个家里就跟天塌了一样。他是单亲家庭，是他妈一个人把他养大的。他边说边递给我一支烟。

我说："谢谢，我不抽烟。"

他说："兄弟，急着走吗？不急的话一起吃个晚饭，老太太给你添麻烦了！"

我听了有点儿不好意思，毕竟也没帮什么大忙，便赶紧推辞："您太客气了，我也没帮多少忙，吃饭就不必了，咱们就坐会儿吧，老人身边也离不开人。"

于是，我们俩走到吸烟区里聊天。

这个男人叫王浩国，他老婆是台湾人，结婚后，他们一直在大陆生活。他们有一个正在上小学二年级的儿子，叫丁丁。前几年，王浩国来到这个城市打拼，有了一些成绩后，便把家人也都接了过来。

老太太年轻的时候是做文艺工作的，还在剧团工会当过主席。退休后也闲不下来，自己找了个老年大学教别人唱黄梅戏。"我妈脾气挺古板，除了对丁丁百依百顺，其他跟她相处的人十有八九都受不了她的脾气，这段时间是不是也挺让你们头疼的？"王浩国苦笑着说，语气里带着点儿无奈和歉意。

"没有，没有，住在这一层的病人，我们哪儿还有生他们气的道理啊？"我忙摆摆手，"老太太一看就很有气质，你们很有福气啊。"

话虽这么说，但我确实对老太太的"事迹"有所耳闻。二叔刚住院那会儿，我爸说病房里有个很难缠的老太太，每天都开着收音机听黄梅戏，声音特别大。谁要是管她，肯定会被骂回来。因为这个，他们当时差点儿想给二叔换病房。

"老太太特别节俭，住院一定要挑医保定点医院。但这里离家

远不说，医疗技术也不能和大医院相比。后来丁丁的妈妈建议她转院去台湾治疗，毕竟那边的医疗技术更先进一些。为了这个，我们没少做老太太的思想工作，但每次一开口就被骂回来，说我们嫌弃她是个累赘，要把她扔到异乡，不管她的死活。"王浩国说完，皱着眉头狠狠地吸了一口烟。

我安慰他说："阿姨是有点儿固执，但你们也要理解她。人老了就害怕没有依靠，有时候越老越像个孩子。"

我又问他："你们为什么不经常来看老太太呢？好像大部分时间都是她一个人在这里，只有护工在照顾。"

他眉头皱得更紧了，颇有些委屈地说："你也知道，护工都受不了她，有时候我们来了，想多陪陪她，结果不知道哪句话没有说到她心里，就被骂得狗血喷头。久而久之，我老婆也不想来了，她说这样的婆婆很难相处。"

我不好说什么，只能跟着叹了一口气。

正聊着，病房里传来了老太太的骂声。

2

王浩国赶紧把烟头踩灭，一个箭步冲进了病房。我也紧随着跟了进去。

　　进了病房，只见老太太已经半坐起来了，她一只手在后面支撑住歪斜的身体，另一只手指着王浩国的老婆用沙哑的嗓音骂道："我就知道，我儿子跟了你以后没有好下场，我都住到医院了，你还打扮得这么花枝招展的，你是来宣战的吗！没教养的东西！"

　　我一看事态有点儿严重，赶紧捅了一下王浩国，示意他把老婆先带出去。我上前扶着老太太，试图让她先平缓一下，躺下身子。

　　我托着老太太的后背，她的身体抖得厉害。

　　谁知王浩国的老婆让我大吃一惊，她非但没有退缩的意思，反而往前更进了一步，坐在老太太身边的椅子上，操着一口台湾腔跟老太太说："哎哟，请你不要说得这么难听啦，谁不是人生父母养的啦，我嫁到你家来都还没有嫌你们啦，现在还要过来照顾你，你凭什么骂我啦！"

　　王浩国的老婆两只眼睛通红地瞪着老太太，气得脸红脖子粗。

　　"哎哟，你妈妈真是不得了啦，我就是帮她翻身的时候啊，戒指硌了她一下下啦，啊，她就骂我啦！"王浩国的老婆指着他，愤愤不平地说。

　　正在大家分别劝着双方的时候，一个小孩儿蹦蹦跳跳地跑了进来，手里拿着一大串棉花糖，直接扑在了老太太的被子上。

我心想，完了，这下子连这个小家伙也要遭殃了。

小孩儿跑进来的一瞬间大家都停下了动作。王浩国他老婆本来以为孩子是扑过来找她的，结果小孩儿一下子跳到了床上，大声喊着："奶奶，奶奶，丁丁放学啦！"

刚刚还像受了虐待一样、正向大家控诉媳妇罪恶的老太太，脸色立马来了个180度的大转弯，笑得连皱纹都舒展开来。她撑着身子坐起来，一把就把小孩儿揽到了怀里，不住地亲着小孩儿的脑袋。

"我的乖孙子哟，怎么才来看奶奶啊！奶奶想死你了哟！"

我仔细看着眼前这个跟刚才判若两人的老人，她慈祥，对人毫无防备。现在的她看上去可一点儿都没有蛮不讲理的样子。

"奶奶给你唱黄梅戏好不好啊？"老太太摸摸孙子的小脸儿，然后拈起手指，做了个唱戏的手势。

"好啊，好啊！奶奶唱戏最好听！"这个叫丁丁的小孩儿兴奋地喊。

王浩国的老婆白了老太太一眼，扭过头去瞪着王浩国，意思是：都是你干的好事。

王浩国低着头自顾自地走到走廊里，站在窗户边对着马路愣神。

"没事儿吧，婆媳之间都是这样，何况老太太现在做着化疗，情绪不稳定。"我从后面拍拍他的肩膀。

　　"她们之间的矛盾不是一天两天了。我有时候想，我就算事业再怎么成功，一回家就硝烟弥漫的，又有什么意义呢？"他转过身来，望了望病房里的老婆，一脸苦相，"其实为了给老太太治病，我老婆已经付出很多了。老太太的食道癌发现的时候就是晚期了，最后吞咽都有困难。我老婆就用煮好的梨水给老太太熬枇杷露，她说这两种东西对嗓子和食道都好。谁知道，老太太就因为不喜欢枇杷煮熟的味道，一下就把我老婆手里的碗打掉了，说我们要毒死她。"

　　我惊讶地看了一眼病房里的老太太。此刻她正在给小孙子唱戏。她拈着兰花指，动作慢慢的，声音虽然很沙哑，但她的神情特别认真，仿佛自己正站在舞台中央一般，引得值班室的护士也都过来看。我实在很难想象，她会那么刻薄地对待自己的家人。

　　"我们给她用最好的药，这种进口的MER2（一种抗癌药物）一支就要两万多元，虽说进口药很贵，但只要老人能好起来，我们做子女的再苦再累也要想办法。"王浩国控制不住自己的情绪，声音都有些发颤。

　　我望着面前的这个男人。他与老太太长得很像，就连嘴角的痣都在差不多同样的位置，但他们的性格竟相差这么大。她对每个人都满怀怨愤，而他身心俱疲，连肩负的责任也显得无比悲凉。

"奶奶，你为什么还不回家呀？"丁丁眨着眼睛问老太太。我们不约而同地看过去。

老太太依旧把他揽在怀里，说："奶奶生病了呀，生病了就要听大夫的话，要治病。"

"奶奶，奶奶你哪里生病了呀？"丁丁又问。

"就是这里，你这个小坏蛋！"奶奶拿起丁丁的小手，指在自己的喉咙上，"这里叫食道，是吃饭的时候食物经过的地方。"

丁丁看着奶奶，似懂非懂地用小手摸着奶奶的脖子："这样有没有好一点儿呀，奶奶？"

王浩国走进病房，把丁丁从老太太怀里抱起来。我看到老太太已经累得整个后背都湿了，赶忙让护工找一件干净的衣服给她换上。

"好啦，我们不烦奶奶了，跟奶奶说再见，我带你下楼去吃饭！"王浩国转身跟老太太说，"妈，我带着丁丁先下去吃饭，留晓霞在这里照顾你，我晚上还有个会，一会儿送了孩子就走了！"王浩国说完瞅了一眼他的台湾老婆。

"丁丁，好好吃饭！记得想奶奶哟！"老太太跟孙子挥手道别，满脸都是笑容。

王浩国对我示意，他先带着孩子走了。我点头，说来日方长。

王浩国走后，我在二叔身边坐下，等着我爸来接班。说实话，

看到晨报上一张老夫妻牵手散步的照片

你说真好啊！真羡慕！希望自己将来也可以这么幸福

你不知道的是

对于爱美的我来说

那一刻起，我再也没有害怕过变老和皱纹。

我真怕这对婆媳再开战。

3

王浩国刚走，他的老婆晓霞就把床边的椅子转了一个方向，侧着身在老太太身边坐下，不去理会老太太。

老太太让护工去给自己打饭，自己转了个身，拿起收音机开始选台。

晓霞从包里取出自己的iPad（苹果平板电脑），找了半天都没找到耳机，于是开着外放听起了她的许茹芸。

我用余光扫了一眼老太太，果然让我猜中，她看到晓霞取出iPad听歌，便找了一折黄梅戏，故意放大扬声器，边哼边用另一只手打着拍子。

我回头朝着二叔抿了一下嘴，他也尴尬地看了我一眼，然后翻身盖严被子，闭上了眼睛。

按理说，大家共用的病房，是不应该公开放音乐的，更何况声音还开这么大。但是考虑到这两个女人目前情况的特殊性，我们都选择了沉默，不想惹祸上身。

果然，晓霞看到老太太这挑衅般的架势后，脸色变得相当难看。她也把iPad的声音调到了最高。可是无论她的许茹芸怎么努力，声音就是盖不过对方的黄梅戏。最后，她终于意识到，许茹芸这种温婉柔美的声音实在不适合跟黄梅戏PK（对决），于是她"唰唰"滑动了几下屏幕，找了首崔健的《一块红布》，还是现场版的。

这下可热闹了，摇滚夹着黄梅戏，火花乱溅，战争一触即发。

老太太知道摇滚是一群人在high，她的黄梅戏就显得有点儿寡不敌众，一生气干脆关掉了收音机。

晓霞看到自己胜利了，笑着舒了一口气，调低了iPad的音量。

"你想都别想把我孙子带走！"老太太眼珠子转了半天，找了个新话题，跟儿媳妇展开新一轮的辩论。

"您不要这样子啦，台湾的教育比大陆宽松舒适得多，孩子在这边的话，压力太大啦！"晓霞回过头，不耐烦地跟老太太说。

老太太"哐"的一声把收音机摔到了地上："胡说！台湾的教育能跟大陆的比吗？看看你就知道台湾的教育是什么样，一点儿正经的样子都没有，伤风败俗！我孙子怎么能变成你这样！"老太太气得浑身发抖。我准备随时去拉架了，很是后悔没有留一个王浩国的电话。

晓霞听老太太说自己伤风败俗，气得脸都白了。她猛地一跺脚，站起来指着老太太就开炮了："哎哟，你是说我不正经咯？就你最正经好不好啦，每天掐着兰花指在公园里转来转去的。我还没嫌弃你儿子学历低咧，你倒先觉得我丢你们的人啦？"

"儿子是我的，孙子也是我的，这个家只要我活着一天，就是我说了算！"老太太的声音又一次提高了八度。护士担心老太太气得背过气去，赶紧过来劝她。

"哇嘎哩供厚！哩有什么权利教育我的儿子厚？跟哩学着去大街上碰瓷吗？！哩根本没资格跟我谈教育厚！"（我跟你说！你有什么权利教育我的儿子？跟你学着去大街上碰瓷吗？！你根本没资格跟我谈教育！）晓霞把台湾话都飙出来了，她嫌弃地看了她婆婆一眼，又回头跟病房里的每一个人揭婆婆的短："这个老太太啊，去大街上碰瓷坑别人的钱，晚报上整版都是她的消息，让我们丢死人啦，她还整天一副假正经的样子教育我们一家人！"

病房里的人面面相觑，然后纷纷向老太太投去各种目光，或惊讶，或鄙夷，或怜悯。

老太太意识到自己的形象瞬间坍塌了，不知道是冲着晓霞还是冲着大家哼了一声，背过身去佯装睡觉。

半小时后，王浩国带着儿子回来了。一进病房，他就感到气氛有点儿不对劲，忙拖着自己横眉竖眼的老婆出了病房。而老太太一听到自己的孙子回来了，像打了回魂针一样，一骨碌坐了起来，又把孙子揽到了怀里。

正当祖孙俩其乐融融地说话的时候，晓霞不知道受了什么刺激，突然冲进病房，一把从老太太怀里拉起儿子就要走。

我转身朝病房外面看了看。王浩国叹着气，失落地看着窗外。

老太太心里那个着急，但是她又下不了床，只能干瞪眼，看着自己的小孙子被儿媳妇拖着往外走。丁丁也被晓霞过于突然且粗鲁的动作吓坏了，大哭着："我不要走，我要奶奶，丁丁要奶奶，妈妈是坏妈妈……"

晓霞一听丁丁这么骂自己，更是怒火中烧，一回身把丁丁托起来，背着就往外走。就在这时候，丁丁的反应让全病房的人都吃了一惊，他抱住妈妈的肩膀狠狠地咬了一口，疼得晓霞本能地松开了手。丁丁赶紧趁机跳回了床上，死命地拽住了奶奶。

"不准你们带丁丁走，不准你们欺负奶奶！"丁丁含着泪，冲着我们大声嚷嚷。

晓霞捂着被咬的肩膀愣愣地站在病房中央，表情几乎可以用悲伤来形容。事情发展到这个地步，王浩国再也沉不住气了，他大步走进病房，再次把晓霞拉走了。

老太太这一局完胜儿媳妇，得意地抱着大孙子一边亲一边夸，说真是没白疼他。祖孙俩又玩了一会儿，老太太因为今天经历了各种阵仗，体力有点儿透支，便搂着孙子睡觉了。

天渐渐黑下来，我爸还没有过来。我忙了一天也有点儿疲惫，便趴在床沿上打算小憩一会儿。谁知刚迷糊，就被丁丁的哭喊声吵醒了。

"奶奶，奶奶，你说话呀！奶奶，你别睡了！"我揉了揉眼睛看过去，丁丁不知道什么时候已经睡醒了，正使劲儿摇晃着身边的奶奶，老太太却一点儿动静也没有。

我看情况不妙，赶紧按响了护士铃。

4

半个多小时的抢救过程中，我一直在一边抱着声嘶力竭的丁丁。他一直吵着"奶奶不要死，奶奶不要死"。

老太太最终被抢救过来时，在场的每个人都长舒了一口气。

重症监护室外面，王浩国抱着丁丁坐了一夜，身边没有晓霞。

不久，叔叔病逝了，我再没去过那家医院，也再没见过老太太、丁丁和王浩国夫妇了。这期间，我跟王浩国通过几次电话，有两次是因为他重新创业，资金周转不开，找我帮忙，还有一次是他特地打电话告诉我，老太太又做了一次手术，之后竟奇迹般地开始恢复。他们一家人就要去台湾生活了。

我从心里替他们高兴，感慨着生命的奇迹。

巧合的是，写这本书之前，我竟在广交会上碰到了王浩国夫妇。他们现在在台湾做起了美妆加工厂。我们都很高兴能在他乡再次遇到，便约好晚上一起吃饭叙旧。也是因为这次偶遇，我有幸知道了老太太和丁丁后来的故事。

晚餐的时候，我们还特意订了个包间，打算好好聊聊。我问起老太太的身体状况，他们先是平静地说恢复得很好，在疗养。后来晓霞干脆把筷子一放，扭过头去抹泪。

我看了看王浩国。他沉默了半晌，还是给我讲了之中的隐情。

那天抢救之后，医生告诉赶去的王浩国，近期内必须立刻进行切除手术，否则老太太的病情会再次恶化，到那时候就更加危险了。虽然老太太仍是执拗，但王浩国和晓霞还是想办法让她同意手术了。

老太太醒来时，看到的第一个人是正在给她擦脸的晓霞。

因为刚刚动完手术，老太太从嗓子到胃都剧痛难忍，只能发出一丁点儿细微的"呜呜"声，根本说不出话来。

晓霞看了老太太一眼，并没有露出任何喜悦的表情，反倒像不希望她醒过来一样难过，红着眼给她把被子塞了塞。

让人意想不到的是，那天大家第一次在病房里听见晓霞喊老太太一声"妈，你醒了"，连说话的语气也不那么冲了。她跟老太太说，因为害怕丁丁看到不好的结果，所以丁丁爸爸直接带着丁丁去台湾她的老家了，他们先在那边安顿一下。

顿了片刻，晓霞突然轻轻握上老太太打着点滴的手，嘴角艰难地绽出一丝笑容说，无论怎样争吵，一家人永远是最亲近的。她请老太太原谅自己以前的不懂事，说只要老太太肯配合治疗，安心养病，等康复以后，他们就会把她接到台湾，一家人在一起快乐地生活。

老太太听完突然沉默了，她艰难地侧过身子，因为发不出声音来只能哼了一声，蜷着身子又睡下了。突然，她不知道想起了什么，又艰难地转回身子，白了晓霞一眼，又看向桌子，意思是：你把药给我喂了。吃完药，还不忘记又白了晓霞一眼。

不同的是，从那天起，老太太变得开朗起来。以前最抗拒护士给她例行检查，现在不但积极配合，而且只要护士送来药，无论多少、多难吃，她都立刻吃下去。有的时候，护士送药晚了，她就赶紧按铃叫护士给送来。

晓霞也不一样了，她的iPad里的流行歌曲变成了黄梅戏，以前老太太收音机的音质不好，播放出来总是吱吱啦啦的，现在iPad的声音不仅清晰，而且还带视频。老太太因为身体虚，只能半躺着，晓霞就一直帮老太太举着，经常一举就是一个下午。

不知道是晓霞这段时间的悉心照顾起了作用，还是去台湾一起生活的承诺起了作用，老太太奇迹般地开始康复。所有医生都说，没有转机的病被一个老太太击垮了。

大夫说，食道癌一般要做切除手术或放疗，无法直接移植食道。对于高龄患者，切除手术要很慎重。非要移植的话，是可以做结肠代替手术的，就是截一段患者的结肠代替食道。老太太手术后没过多久，大夫就说可以回家疗养了，只要按时服药做化疗，康复是没问题的。

于是按照一家人的约定，王浩国回大陆接晓霞和老太太去了台湾，一家人生活在了一起。但是，老太太不开心的是一直没有见到丁丁。晓霞跟她说，台湾好的学校都是寄宿制的，有利于培养孩子的独立能力，所以他们尽量少接丁丁回家。她安慰老太太说："妈，你放心吧，丁丁放假就回来了。"

但老太太实在是思孙心切，她都那么长时间没见丁丁了，好不容易来了台湾，却还是见不到。后来她想：丁丁回不来，我可以去找他呀。于是她便去问儿媳妇丁丁学校的地址。晓霞一开始还百般隐瞒，最后把老太太给惹急了，说不跟她说的话她就一家一家学校去找。晓霞拗不过她，只好跟她说了丁丁学校的地址。

5

从知道地址的那天起，老太太每天下午都会坐很久的巴士去那个学校。最初她只是站在校门口往里张望，她想，如果丁丁下课后碰巧到校门口这边来玩的话，她就能看见他了。但是，丁丁一次都没有到这里玩过。

后来，老太太就绕到操场后面，手扒在栏杆上往里面瞅。她想，如果丁丁上体育课的话，她就能看见了。但是，上体育课的学生那么多，她一次都没见过丁丁，反而每次都被校警赶走。

再后来，晓霞担心老太太一个人去不安全，便每天下午陪着她一起去。台湾的雨季很长，晓霞就两只手交替着撑伞，一点儿都不让老太太被雨淋到。婆媳俩就这样一天天地等着。

老太太还是一直没有见到丁丁。

老太太开始埋怨晓霞，说她肯定是安排好了，刻意不让他们祖孙相见。她黑着脸，大声斥责："丁丁亲我不亲你，你一定是看不得我们祖孙俩感情好！"

听到这里，我也有点儿沉不住气了。我说："那就让她见啊，她是孩子的奶奶，于情于理都不该拦着他们见面啊。"

王浩国突然开始号啕大哭，声音无比悲恸："见不成啊，见不成啊！我自己也很想见丁丁，我也很想见丁丁……"

我心里有了不好的预感。

王浩国哭得很悲伤，他告诉我，到台湾一年后，老太太的癌症又复发了，而且这次来势凶猛。不出两周，大夫就下了病危通知书。

晓霞看王浩国说不下去了，接过了话茬儿。

晓霞的脸上也满是泪水，她说，那天下午她去医院，老太太突然回光返照一样坐了起来，着急地让她帮忙洗脸、梳头，说是有很重要的事。晓霞不敢再惹老太太生气，便照她的话做，冥冥之中她有了不祥的预感。果然，收拾好没多久，老太太就开始神志不清，躺在床上不断地呓语。

大夫过来了很多次，摇着头说让家属准备一下，该来见一面的都来吧。

王浩国和晓霞两个人一左一右一直抓着老太太的手。突然，老太太不说胡话了，她像是大梦初醒一样，睁开眼睛。她看了看泣不成声的儿子，说："浩国，好好跟晓霞过日子。"说完又扭头看着她骂了许多年的儿媳妇，轻轻地笑着说："晓霞，我接到丁丁了，我走了。"

说完，她长舒了一口气，然后又哼了一声，像以前一样背过身去，笑着闭上眼睛，停止了呼吸。

王浩国哭着拿出手机，找到一张照片给我看。那是一封信，上面的字迹歪歪扭扭的，有的还是汉语拼音：

"奶奶，我是丁丁，我很乖，我最爱奶奶了。我不喜欢奶奶在医院里，我想让奶奶给我做缠蜜糖吃，我知道奶奶的食道坏了，所以我想把自己的食道给奶奶，我的食道很小，奶奶不要不喜欢它，我想送给奶奶。"

丁丁从医院的五楼跳了下去，当场死亡。

我咬着牙，含泪低下头，找了一张纸巾捂住脸。

"都怪我！都怪我！丁丁，我们的丁丁，他还那么小，他还不明白，他奶奶的病不能用他的食道啊……" 王浩国发出一声悲鸣，痛不欲生地抱住头。

那天，我与王浩国夫妻分开后，草草结束了一天的行程，订了一张去王浩国老家的机票。我跟他们约好了，出差结束就回他们老家看一眼老太太和丁丁。

那天下午阳光灿烂，一夜的春风仿佛把遍山的野花都吹开了。王浩国开车载着我和晓霞沿着山转了很久，才到了老太太当年住的老宅。

　　我们绕到屋后，一棵参天的老槐树下，一块大墓碑旁边竖着一块小墓碑。我走过去，发现墓碑旁边长满了蒲公英。

　　大墓碑是老太太的，小墓碑在旁边依偎着，上面写着"爱子丁丁"，旁边有一竖行小字：祖孙合葬，永不分离。

　　我们身边有那么多人，或因为青春而结识，或因为动荡而分别。但时间是轨迹，它刻板地追随着我们的记忆，帮助我们回忆彼此的过往，让我们在最脆弱的时候见到柔情，在最温暖的时候知道感恩。

　　我们以为站在永不落幕的舞台上，其实身边遍地是坠落的花枝。万物循环往复，我们的交集在宇宙中永远产生节点。

　　"我愿青春是一抹斜阳，给予我最浓烈的力量，照耀你我最美的时光。"

　　怀念二叔，想念刘海波，挂念老太太和丁丁。

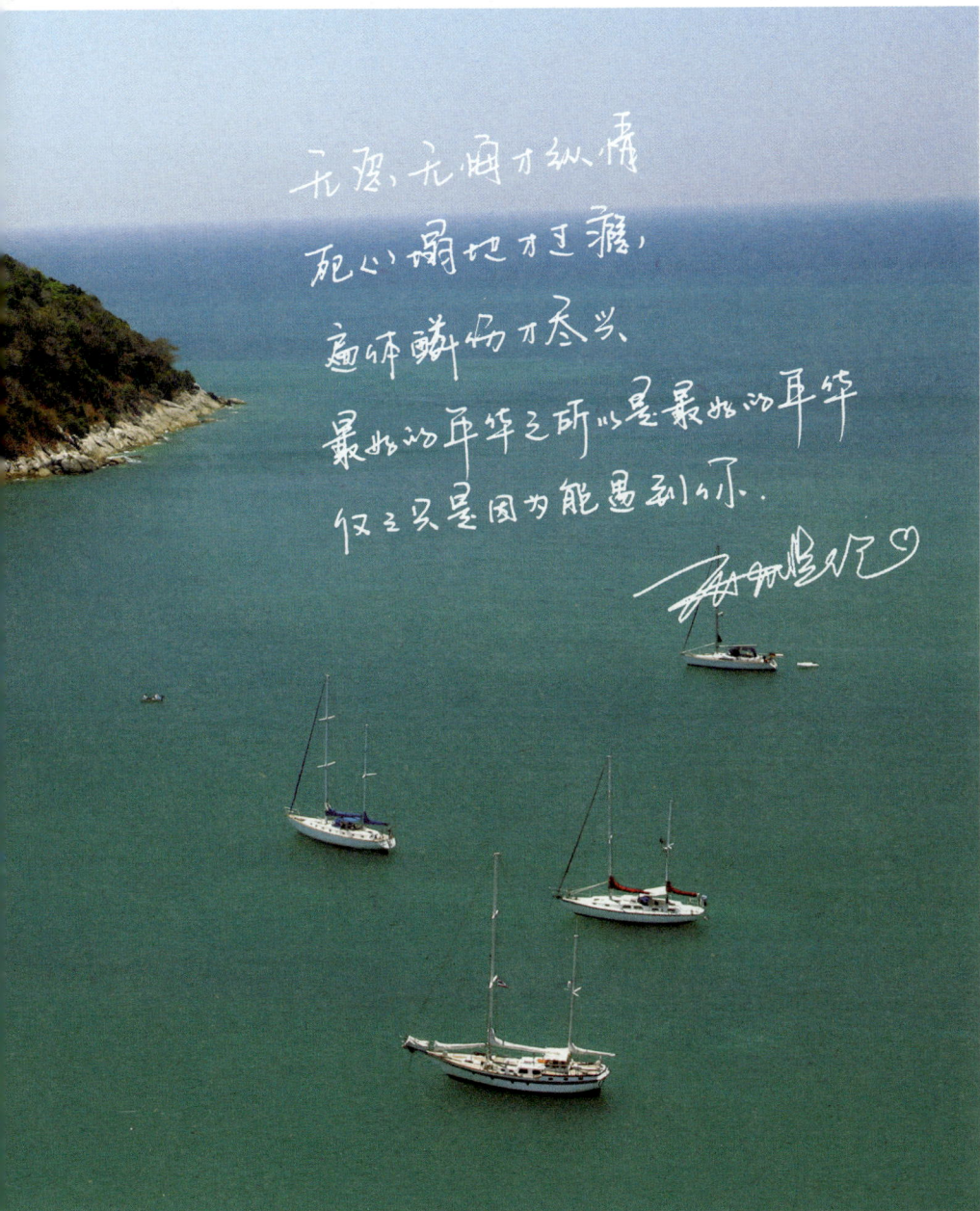

无欲、无畏才纵情

死心塌地才过瘾，

遍体鳞伤才尽兴，

最好的年华之所以是最好的年华

仅仅只是因为能遇到你.

阿木哈尼♡

我和你之间

至少在我们都爱你，都不爱我这一点上

还是有共同语言的

所以你不能说我们之间没有交集可言。

你如果非要拒绝我

请别拒绝得那么绝对

因为你的一句"我没有那么喜欢你"

我都可以理解为"我有一点喜欢你"

Chapter 6

年轻是闭着眼睛逃亡，

是一段不想承认，却也不想失去的时光。

我在逃亡中找到自己

1

年轻就是让你永远不知道自己的底细，永远对自己满怀信心，踌躇满志。

毕业后的第一年，我尝试着投简历，找工作。

"有没有公司回你的简历啊？"我妈每天都会在固定时间、固定地点问我。

"有，一大堆，我打开给你看看。" 我边说边把电脑转过去让她看。

"好嘛，这么多！你可要好好挑一下，第一份工作很重要！"她看到六十多封未读邮件，很欣慰，准备say good night（说晚安）。

"嗯，挑。"我目送她回房间。

六十多封未读邮件，齐刷刷的全是保险公司业务员的面试通知。

小时候有过很多梦想。

被逼着去上各种培训班，舞蹈、钢琴、美术。因为没剪指甲去上钢琴课，被老师提溜着现场剪指甲，被讽刺用指甲来掏煤球；周末背着一个大画夹子，汗流浃背地赶到老师家上课。

我以为我会成为一个音乐家，一束追光打在我身上，台下几百人屏息等我弹下第一个音符；或者我从台下的起落架缓缓升起，伴随着前奏，边挥手边展开歌喉。

现在，我和所有刚毕业的人一样，投简历，找工作。

其实对于找工作这件事，我起初没觉得有多大压力。工作于我，是通过正常劳动获得内心充实的一个合理途径。合理薪资是在可接受范围内的劳动所得。

一开始，朋友都找到工作的时候，我在悠然地投简历。

后来，别人升职跳槽的时候，我还在悠然地投简历。

于是，我开始有些着急。

投简历开始变得盲目，只要是在"基本听过"这个层面上的职位，我连对方公司的资料都不看，基本都投了。

转眼到了次年的春天，我接到了一家教育公司的面试通知，面试时间是第二天上午9点，职位是教育咨询师。

我甚至不记得自己投了这个职位，因为我对这个职位一无所知。

那天早上，我穿了一件米黄色的毛衣，斜挎着书包，一身稚气地推开门准备去面试。出了门才想起来，我还没有弄清楚这个职位是做什么的，连对方公司都不了解。于是又回去，百度了半天资料，打印出来边走边看。

面试的地方离家有半个小时的车程，下了车，我紧张得找不到写字楼的入口。

找了半天好不容易找到对应的楼层，敲开门紧张地说了句："你好，我是来面试的。"

前台拐个弯，把我送到面试的接待区，前面还有几个人在等着，最里面的咨询间关着门，就跟在医院排队一样，叫一个号对应的人就进去问诊。

轮到我的时候已经是最后一个了，我暗暗觉得倒霉，心想，面试官已经接待了那么多人，估计也选得差不多了，带着疲劳面试我，应该不会有太大的机会了。

边想着边进去坐下，抬头看到是两个约莫二十七八岁的女生在面试。

面试的过程基本顺利，因为是教育公司，经常跟课业内容打交道。本来打算出国用的雅思成绩单也被我一并带去了，她们对我的雅思成绩很满意。

最后她们还真的问了我一句："你知道面试的这个职位是做什么的吗？"

我想：你们不问我，我也打算自己说了，要不然白准备了，就这一段背得熟。

于是，我把"度娘"告诉我的全倒给了她们："教育咨询师的职责是采取策略帮助学生提高学业成绩、发展职业意识、加强职业准备性、增进自我意识、培训人际交流技能，并获得在生活中成功所需的能力，其重心是主动的和预防性的，帮助学生获得和运用终身学习的能力。"

背书人人都会，但是背出来的内容要让别人觉得出自你口中就不容易了。除了要自信熟练地展示文字，还要配合绝对丰富的肢体语言、合理的手势，这样才会更容易吸引对方的注意力，从而引导对方接受你的观点。

那两个人对视了一眼，说："谢谢，你回去等消息吧。"

从面试的公司出来，我暗暗佩服自己的临场发挥和随机应变能力，心想，这次肯定可以拿下了。

结果，还真的就拿下了。

　　教育咨询师，顾名思义，就是在学生有疑问并且有求知欲的时候给予一定的解答，顺延到现在的教育公司，变成了学生和家长来到公司咨询学习报名时的主要接待人，以教师的身份引导学员认可教学模式，发现学生的学习问题，并制订学习计划。简单来讲，就是引导学生报名。

　　随后，公司通知我下周一去参加为期七天的培训。

　　为了迎合市场需求，现在出现了很多新兴的职位，所以大部分公司在人员招聘后会组织统一的工作内容培训。

　　十年前，中国的中小学课外教育还没有像现在这么火热，那时候，个性化课外辅导刚刚萌芽。我当时所处的城市是个性化辅导的发源地，所以这个行业里很多元老级的人物都是在那个时候出现的。

　　参加这次培训的一行六人，三个是资深销售，有很多年的行业经验，其余两个是教学经验丰富的老师，因为没有编制所以改行，只有我是没有任何工作经验的应届生。

　　"你们好，我是翰森教育的营销主管，嗯，也是这次培训的主讲师，大家可以叫我赫主管。现在请大家先看一下手里的资料。"

　　赫一飞，翰森教育的元老级人物，整个公司营销业绩的中流砥柱。他是我人生中见到的第一个笑不露齿的男人，"咯咯"的声音仿佛是从耳朵和鼻孔里发出来的。他肯定了我内心里对做营销的人的印象：圆滑、思敏、无孔不入。

"培训期为七天，这期间有三次考核，每次考核不合格的人都会被淘汰，最后留下的人才能入职。没有通过培训期的人不计薪。"他照本宣科地读着培训材料上面的内容，但是眼睛一直像雷达一样扫射着我们，扫到我这里时，正好和我四目相对。我不知道从哪里升起来一股心虚，赶紧把头低下，继续看材料。

第一天的企业文化宣讲让我昏昏欲睡。我想，这个内容应该不是赫一飞的专长，因为他基本都是照着读下来的，中间还一直读错。

第二天正式营销内容的培训让我意识到自己前一天确实低估了这个赫一飞。因为这小子整个上午都在脱稿分析客户案例，所有的case（案例）一气呵成。我们拿到他的业绩分析表时，全都被数据震慑了。

任何一个好的销售，尤其是坐在公司等客户上门咨询的这一类，最重要的环节就是引导客户上门，因为没有上门咨询就意味着没有签约。教育咨询师的主要工作，就是在接听学生家长的咨询电话后，引导家长产生带学生来公司咨询的意识，并约定时间面谈，从而促成报名和签约。七天的培训周期内，从第二天就开始了持续三天的电话咨询培训，第三天下午进行第一轮考核。

我虽然自认是一个头脑反应快的人，但是第一天的培训结束后，依然找不到任何着陆点来接电话。赫一飞对我当天的表现非常不满意，最后一轮模拟电话咨询时，他直接跨过了我。

第三天培训结束后，想到第二天下午就要进行第一轮考核，我就一个人找了就近的一家麦当劳，要了一份套餐边吃边看材料，生怕回家会破坏了从培训间带出来的紧张气氛。

不过，聪明的我总结了一份电话流程表，这份流程表时至今日都是我引以为傲的资料，因为这份资料不仅让我顺利通过了层层考核，还被赫一飞拿去当例子向周围的人展示和夸耀他的培训成果。

结果就是我和另一个英语老师通过了培训，顺利入职。

翰森教育是一家刚起步的公司，当时的营销部门只有八个员工，加上我和新来的这个老师。小小的办公室弥漫着销售间的硝烟味儿。

"赫主管，我坐哪儿？"我转了一圈问他。

"那儿。"他的眼神直接越过我，点了一下阳台边上的空调，然后手指下垂，指了指角落里的一张小桌子。

过道边的最后一个位置，而且是跟其他人不同的桌子，不同的方向。桌子上除了全公司共用的一台打印机，还有一台旧款的显示器，勉强挤得下一部电话和一个记录本。

这是我的第一张办公桌。

2

如果你曾经到过我们公司，你一定会发现在办公室的最后面有一张小桌子，桌子上有一台大型打印机、一台大显示器、一部小电话和一个中号记录本，还有一个我自制的笔筒——一个用胶带粘在屏幕侧面的一次性纸杯。因为那张桌子实在太小了，放个笔筒都太奢侈。

可能因为是第一份工作，我的热情极高。尽管桌子小，地方窄，我还是把里里外外都擦得干干净净，这也成了我后来保持了很多年的习惯。办公桌一定要整洁，除了可以愉悦视觉，还可以缓解浮躁，带来好运。

刚工作那会儿，我迷上了山地车。骑车时不坐在座位上，撑着两条腿，顶着朝阳出发，带一杯咖啡和一个菠萝包。进了公司，我会先把所有的花浇一遍，需要晒太阳的就搬到阳光下，然后边吃早餐边翻客户记录，回顾昨天的进度，计划今天的任务。

工作是一种很神奇的经历，它可以在稚嫩和成熟之间逐渐画出一条很清晰的分界线。

做销售行业经常要跟着客户的时间走，尤其是教育咨询行业，很多学生和家长都是在晚上才有时间交流，有需求的多半也是在晚上打电话咨询。

试用期的第一周，我很幸运地被排了一周的晚班。

我接到的第一个咨询电话，后来一直被我用作反面教材在培训的时候讲给新人听，用来活跃气氛。打电话来咨询的是一个爸爸，他的孩子读高三，学习非常吃力。由于孩子的基础不好，面临的高考压力特别大。孩子的爸爸可能是看到报纸上的广告打来的电话，他的周围嘈杂不堪。这是我人生中接到的第一个咨询电话，而且主管和其他同事都在，所以我必须拿下。他在那头大声给我讲孩子的情况，我在这头使出吃奶的劲儿听，嘴里还不停地重复着："您说什么？不好意思，我没听清，您再说一遍。"

持续了五六分钟，孩子的情况只了解了个大概，我紧张得手心里的汗汇聚成小溪，顺着手腕流到桌子上。最后估计是这个爸爸也受不了我一直让他重复了，就挂了电话。

我那个气啊，心想：妈的，老子满心欢喜接的第一个电话就被你给毁了，嘴里骂了一句"什么玩意儿啊！"便把电话重重地扣了下去。

"想当大爷回家当去！"赫一飞当着全体员工的面恶狠狠地甩了一句话。

　　我没接话，快快不乐地低头整理记录，记下这个爸爸的来电号码。

　　最让人崩溃的是，这个爸爸在没有通知任何人的情况下，自己来公司咨询了。当时只有我、赫一飞还有一个比我早入职几个月的同事在。我忙乱地站在原地，不知道该干什么。

　　"家长来咨询了，你还不赶紧进去，在这里等我搀着你进去吗？"赫一飞回过头来，斜着眼看我，满脸的讽刺。

　　"你帮我拖延五分钟，我看一下学生的情况，准备一下，拜托了！"我央求赫一飞。

　　"没时间。"赫一飞转过头去，拿起杯子起身去接水。

　　我愣在原地不知道该怎么办。

　　"我去吧，帮你打个前站，问问孩子的情况，探探底儿，你赶紧准备一下。"

　　宋晓宁，就是比我早入职几个月的那个同事。她家境殷实，精明能干。我刚到公司面试的时候就对她印象颇深。她如鱼一般游走在面试间内，端茶、倒水、递资料，好不自在。她的男朋友是楼上一家投资公司（说白了就是放贷公司）的顾问，把她照顾得无微不至，虽然我找不到她有任何可以让人无微不至地对待的点。

　　她一边起身走向咨询间，一边向我示意。

我感激涕零地点点头，赶紧坐下找高三的考试大纲。

五分钟后，我进入咨询间，冲着这个爸爸倒豆子一样讲了半个多小时的三角函数，其间这个爸爸抽了六根烟，最后甩了一句："谢谢老师，再见。"就起身走了。

我怅然若失、满心遗憾地坐在咨询间里，不知道哪里出了问题，但是自己觉得糟糕透了。

宋晓宁进来问我怎么样，我就如实说了整个过程。

"你怎么跟家长说这么具体的学习内容呢？家长根本听不懂啊，而且你应该主要询问孩子的情况，多向家长介绍我们的辅导优势。如果你不会，编几个成功的例子也好啊！"宋晓宁殷勤地帮我分析。

"好好的一个上门咨询被你毁了，个人的业绩完不成，部门业绩还怎么完成？"赫一飞把杯子重重地放在桌子上，看也不看我一眼。

我回到自己的小桌前，用笔尖不停地戳着咨询记录本，脑子里仔细回忆着从接电话到家长离开的整个过程。

这是我的第一个客户，失败了。

后来的几天，不知道是销售之神可怜我，还是我时来运转，连着接了几个质量特别好的电话，一周有五个家长上门，签了两个，单笔金额两万元，业绩一下子刷到了部门前三。

第一个签约的学生我现在还记得，刘畅，180个课时，18560元。

记得我在咨询间里大声地问学生："告诉你爸爸，你有没有信心！"

这应该是我接的最青涩的单子，但也是印象最深的单子。

最主要的是，这个学生是宋晓宁全程给我保驾护航的，能签下来，她占了主要功劳。

半个月后，公司第一次人员review（考评），宋晓宁因为业绩出众被选为部门主管。赫一飞因为和大老板交情甚深，理所当然地继续升职，成了公司副总。

宋晓宁升职的那天，整个部门都给她庆祝。赫一飞临走时当着大家的面甩下一句话："你们部门的这个小沈要注意，拖了全部门的后腿可不好哦！"他"咯咯"地笑着，笑声从耳朵和鼻孔里冒出来。

宋晓宁很努力，是我见过的最努力的人。

公司起步的第一年，是最重要的一年。适逢六月的高考，春节后开始报名的学生特别多。宋晓宁经常一天连续接待十几个家长，嗓子干得说不出话，给学生做方案做到半夜，第二天红着眼睛继续接电话。她的业绩一直遥遥领先。

作为赫一飞离开后部门里唯一的男职员，我也是发了疯一样地熬夜加班，业绩从第五升到了第二，接单子一天比一天熟练。我从第二个月开始基本不跑单，电话咨询过的家长就必然上门，上门以后就肯定能拿下。

跟我一起入职的英语老师，一直嘲笑我第一周的业绩。宋晓宁帮我报了仇，一个月后她因为业绩不佳被辞退。

我就这么和宋晓宁打着配合仗，咨询部门的同事一批一批来了又走，走了又来。赫一飞培训完新人偶尔会过来看看我们，看到我和宋晓宁忙得没时间理他，自己装模作样坐一会儿就走了。

到了五月的报名旺季，暑假即将到来。因为我和宋晓宁过于强势的业绩，部门其他的同事都离开了，就剩下我们两个。

"你们两个下了班留一下，我找你们有事儿。"赫一飞不知道从哪里冒出来说了一句话，又像个屁一样，留下满屋嫌弃消失了。

我和宋晓宁合计了半天，准备以不变应万变。按常理来讲，整个公司的销售部只剩下我们两个，而且我们两个的业绩都这么好，加之公司已经到了赚钱的最好时机，应该不会是要整我们。我和宋晓宁互相安慰后，敲响了赫一飞办公室的门。

"坐。"赫一飞的"屁味"开始蔓延。

"你们也看到了，现在整个公司的销售主要就是靠你们两个。但是因为今年公司发展得好，需要拿下另一个区的市场资源。"他边说边拧开茶垢厚得像城墙拐角一样的茶杯。

"高考后，老板准备在隔壁区开分公司，你们两个必须调一个过去做总监来带分公司。老板说要征求你们两个的意见，谁去谁留你们自己拿主意。"赫一飞说完，再次在我们面前消失，留下一股"屁味儿"。

那天我和宋晓宁没有过多交流这件事，但又特别想交流一下。不过因为实在太累了，这件事一直搁置到高考后。

隔壁区是我们这个城市的黄金地带，除了几所贵族学校的学生可以保障分公司的大额单子外，还有几个艺术类院校提供的合作招生。过去肯定要比留在老公司合适得多。作为新晋的公司职员，我肯定会尊重领导的安排。现在我和宋晓宁旗鼓相当，虽然从同事关系已经升到了朋友关系，但是牵扯到前途，我和宋晓宁心照不宣，俩人都在准备给老板一份满意的陈述。

大老板决定在暑假前敲定新公司总监的人选，命令我们两个人必须在暑假开始前的招生动员会上，提交新公司的业绩计划及工作安排，被选定的人毫无疑问要去新公司。

宋晓宁是一个天生的实干派，尤其在单子的细节处理上比我有优势，而且她做过两个月的班主任，交流起来很容易跟学生打成一片。对于暑期计划，我觉得无论去不去新公司，她都应该早就成竹在胸了。

　　"准备得怎么样了？后天就开会了！"宋晓宁送走报名的家长，从我后面去接水时问我。

　　"我没有经历过暑假的报名期，但我查了一下另一个上市公司的招生资料，应该比较有参考性。所以我按照这个数据和隔壁区学校的特点做了一个计划，但是肯定没有你的好。"我边敲着键盘边回答她。

　　"其实去不去新公司我无所谓，一切都看领导安排吧！"她转身回到位子上，"这样吧，你写完可以发给我，我帮你看一下有没有需要修改的，至于最终老板觉得哪个计划好，那要看她的喜好了。"宋晓宁打开电脑，翻着客户资料。

　　"那太好了！"我没想到宋晓宁这么大方，愿意帮我修改方案，"那回头你帮我看看，有什么需要修改的，你就直接帮我改了吧。"

　　这份计划我用心颇多，熬了几个通宵，整理了一家同行上市公司的数据，取了中间值后，还根据翰森以往的签约记录进行了比对，筛选了最合适的数据区间，按照高考在前、中考在后、其余年级在暑假的顺序进行了优先顺序划分，并根据自己工作了几个月总结的经验，写了一份周详的暑期签约计划书，措辞也全都是为暑期快速签约准备的，还附带了一份咨询师培养计划。因为我一个人纵然再能签，力量也比不上几个人同时签，所以打算打造一支自己的咨询师队伍来迎接暑假的报名高峰期。

仔细校对审核了一遍又一遍，终于有了最终稿，我安心地舒了一口气，发给了宋晓宁。

宋晓宁的工作风格简约利索，第二天便回传给了我修改后的计划书。我仔细翻看她批改的段落，原有的数据被一一删掉，替换成了签约心得分享，理由是老板比较看重个人修为，善于总结的人比较适合领导团队；签约的主要年级由高中变成了小学，因为暑期辅导多半是中小学生，课业压力较重的中高考生很难有余力和时间利用暑期出来上辅导班，基本都被本校老师叫到家里去补习，等等。我觉得着实有道理，虽然自己努力了几天的数据被一一否决了，但还是暗自感叹宋晓宁思虑周全。

转眼到了大老板来遛我们的时刻。至于骡子和马，信心告诉我，我是马。

3

大老板第一次来这个公司，各个部门的领导都到了。以前只听说过她是一个很严肃的女人，所以我今天特意打扮得比较正式，我还把袖口的最后一颗扣子擦了又擦才系上。

人有失手，马有失蹄。因为我是马，所以我还是失了东西。因为太在意今天的打扮，导致出门的时候忘记带门卡了。眼瞅着开会时间快到了，我却进不了公司大厅的门。

打电话给宋晓宁，一直没人接。

我硬着头皮敲了门，因为再不进去的话别说去不了分公司，老公司恐怕也待不下去了。

我先轻轻叩了几下门，一直没有人来开。公司的会议室在最里面，而且隔音效果好得出奇，估计这会儿会议已经开始，大家都已经stand by（准备）了。

我又使劲砸了几下门，听见里面传来一声女人的咳嗽。

"快进去吧，会议开始了。"

门刚一打开，我就一头扎进工位，拿起笔记本就冲进了会议室，连回头感谢都忘记了。

宋晓宁坐在左边第三个位子上，旁边有一个空位，应该是留给我的。其余位置清一色是公司的领导，估计今天都是陪着大老板来选人的。

我突然有了一种古代皇帝选妃嫔的感觉，不觉好笑。

我看了一眼中间的位置，还是空的。

"大老板还没来啊，紧张死我了，还好，还好。"我拍了一下宋晓宁，使了个眼色。

"给你开门的就是。"宋晓宁看着门口走进来的女人，手在桌子底下悄悄指了指门口。

我突然感到像炸雷一样的惊悚从后背一直传到脑干，满是汗的手心攥湿了裤腿。

我顺着宋晓宁手指的方向看过去，一个女人正朝我们走过来。她从背后越过我们，坐在中间的位置上。

华婷，翰森教育的董事长，走路带风，不苟言笑，不出门便能洞察千里，记得住每一个员工的名字，甚至可以准确地说出任何一个人最近几个月的业绩数据。因为她的穿衣风格每天都是黑色和白色为主，大家背地里都叫她"黑白配"。

当然，这都是我听来的。

我也一直对玛丽苏的剧情不是很感兴趣，女人嘛，再强势也是女人，这是我的理解。

"下次按时到。"她发现我正盯着她，侧脸看着我说。

这一眼给了我充足的理由回看她，果不其然，白色的衬衫外面是一件修身的短款黑色西装，棕褐色的头发打理得规规整整，眼睛是单眼皮，透露出一股不好接近的气势。

"好的。"我轻点了一下头，打开记录本做聆听教诲状。

　　接下来是大领导的会议陈述，大致内容是感谢大家上半年的共同努力，公司业绩势头良好，为了迎接暑假的到来，今天特地开会商定下半年的工作计划。

　　会议的最后一个环节，终于到了我和宋晓宁施展的阶段。华婷讲完新公司下半年的业绩要求以后，直接看向了我和宋晓宁。

　　"女士优先。"我示意宋晓宁先说。

　　宋晓宁轻轻地把凳子往后一撤，绕过我们走到幕布的前面，示意同事打开投影仪。

　　"大家好，我叫宋晓宁，是翰森总部的咨询师。今天呢，我主要向大家阐述一下我个人对暑期计划的一些见解和规划……"她丰富的肢体语言吸引着在场的每个人，特别是华婷，一直在盯着她的PPT（演示文稿）。

　　"我认为，翰森作为一个新兴公司进入隔壁区抢占市场，首先要了解这个区域以往几年的市场份额比重。"说着，她继续往后翻着她的PPT。

　　"不对啊……"我开始在心里嘀咕。

　　"我特别筛查了该区域目前最大的一家课外辅导机构的资料，按照数据显示，每年的暑期报名份额里，中高考生依然占有最大比例，学前和中小学人数则仅仅占到30%。但是我们面临着暑期最严峻的问题——师资。该区域的师资80%来自周边公立学校，但是今年教育改革后……"她继续阐述着这些我烂熟于心的数据。

"你他妈的宋晓宁！"我红着眼睛瞪着她，手里的笔都快被我握断了。

"所以，如果由我来管理分公司，我打算在暑期前，首先培养一支完善的销售团队，同时配备一支有经验的人力资源队伍，用招生的力量来招师资，避免出现有学生而没有老师的现象。同时，为了使暑期的业绩最大化，我建议把总部人员的10%调至分公司，以便人员不够时能及时能补上……"她还在滔滔不绝地讲着我的稿子上被她删除的部分。

宋晓宁明显感到了我充满敌意的眼神，整个陈述过程中，她一直回避着我。

意识到我的眼神不对的，不只她，还有华婷。

半个小时后，宋晓宁结束了慷慨激昂的演讲，在一片掌声中回到座位上，回头给了我一个鼓励的眼神。"不好意思，占用了你这么多时间，该你了。"她微笑着看着我说。

"……"我低着头，感觉头快要气炸了。

"好，请大家给我一分钟，我需要回工位拿一下我的稿子。"我重新抬起头，平复情绪，微笑着告诉大家。

"……开会连稿子也忘记带……"周围充斥着大家对我的议论。

我回到工位，拿出被宋晓宁删改的稿子，像拿了一把刀片一样割得手疼。半分钟后，我拿起这沓稿子，整整齐齐地码好，大步流星地走回会议室。

我径直走到宋晓宁身边，当着所有人的面，把稿子整整齐齐地放在她面前，微笑着说："还给你。"然后走到幕布前，看了一眼华婷。

"特别抱歉，因为我和宋小姐共事许久，也得到过宋小姐的许多指导，以至今天宋小姐的计划书和我的一模一样，这让我感到非常讶异。所以我想，大家已经完全了解了我想表达的，我就不耽误大家的时间了。最后，我想说的是，感谢各位领导和同事对我的栽培，但是我觉得自己的能力有限，所以会后我会提交辞呈，感谢翰森给了我这么多宝贵的经验，谢谢华总的栽培！"在大家的一片议论声中，我再次看了一眼华婷。她的眼睛微微眯着，许久，转了一下椅子，告诉大家散会。

没等大家散场，我第一个走出会议室，回到工位，本来打算就这么走了算了，可总觉得这个句号画得不是很圆满。

"对不起，沈煜伦，引用了一部分你的观点，希望你的辞职不是因为我的报告啊！"宋晓宁不知道什么时候跟了过来，殷切地拍着我的肩膀，就像当初我的第一个单子没签约时她对我的关心一样，只不过现在她的眼神是那么轻佻、骄傲。

"是我技不如人，你赢了。不过宋晓宁啊，风水轮流转，希望你好自为之。"我继续收拾着东西，不再理她。

"小沈，你过来一下。"一个声音叫住了我，我抬头一看，是华婷。她招手让我过去。

我跟着她走到会议室。她坐下以后，指着刚才被我握断后扔在地上的笔，"公司的公物损坏要赔偿啊！"她边笑边说。

"从工资里扣吧，抱歉了，领导，我还有别的事，我先走了。"

"小沈，没什么想说的吗？"她又叫住我。

"没有。"我低着头回答她。

"开会前就不应该喝酒，我脑子老是断片儿。刚才会上宋晓宁说什么来着？还有你最后说的那一堆废话，我记不太清了。现在最主要的是我的胃有点儿疼，你陪我去楼下大堂吃点东西吧。"她起身拿着包，示意我在前面带路。

我完全不知道华婷葫芦里卖的什么药，干脆跟着她去了一楼的大厅。

落座后，华婷要了一份黑森林，我要了一杯清水，因为我本来就没打算久坐。

"这是你的第一份工作吗？"华婷问我。

"是啊，学到了好多东西。"我回答。

"呵呵，你这句话涉及的够多的啊！"她边笑边用叉子叉起一块蛋糕放进嘴里，然后看着我。

"现在可以说了吗？为什么在会上突然辞职了？"她开始变得严肃，两条腿交叉倾斜，双手握在一起放在腿上，身子斜靠着沙发，看着窗户外面熙熙攘攘的人群。

然后，我完美地完成了人生中的第一次小报告，把前期赫一飞针对自己时宋晓宁是如何帮自己解围的，然后以朋友身份骗去自己的计划书，赶在自己前面公布的整件事情都说了出来。

华婷看着我，一句话也没说。

我很看不起自己。

虽然我是受害者，但在老板面前打小报告实在不是大男子所为。

"辞职就能解决问题了？"华婷问我。

"我觉得今后没办法相处了，如果工作不开心，那这份工作做起来就太艰难了。"我回答她。

"从你入职开始的业绩完成记录我都看了，工作还是很出色的。如果我给你一个平等的机会，你有什么想说的吗？"她微笑着看着我。

平等的机会，意味着今天在会上我和宋晓宁说了一样的内容，并且被华婷同时接受。

机会这个东西，有的时候就跟感情一样，你觉得它很远，但它确实在你生命中随时出现，你觉得它不靠谱，它又确实在给你占有的权利。

"我可以考虑一下吗？虽然我应该无条件接受，因为您已经很慷慨了。"我看着她说。

"行，不要太久，明早之前告诉我。"华婷起身，跟我告别后就离开了。

4

回到家里，我连饭也没吃就关上房门躺下了。

我尽力地把这件事在脑子里重演了一遍，不出一分钟就再次验证，我确实是个缺乏经验的二×。

阳光充斥着生活，炙热、绚烂，我们感受着阳光带来的温暖、希望和期冀，我们以为阳光照耀下的所有都是完美的、灿烂的，所以接受着自以为可以信任的一切，但我们不知道，森林中同样有荆棘、毒草和猎人，他们用阳光伪装自己，在锁定猎物后，用尖锐的矛刺穿对方的喉咙。

同样地，我们变色，顺应树枝的颜色来伪装自己。我们极力扭曲身体，完全贴合木质纹理以达到以假乱真的目的。但是始终有阳光所不及的石缝和沟壑，我们盘旋着躲避它们的攻击，结果还是被扼杀在阳光下。

这个世界上，只有一种方式可以让我们永远安宁，那就是义无反顾地反击。

而且要找到对方的绝对弱点，一击致命。

我拿起手机，给华婷发了一条短信："华总，我想留在总公司做营销总监，而且我觉得宋晓宁非常适合跟我打配合，所以我希望她留在我的部门继续帮我，相信我们可以在短时间内给您一个满意的交代。至于分公司，我觉得赫总过去很合适，因为赫总在新团队的培训方面非常专业，没有赫总的栽培，就没有我的今天。当然，总公司您完全可以放心，有我在的一天，就绝对能把业绩顶起来。这是我个人的想法，最终还是尊重您的意见。打扰了，晚安。"

发完这个短信，我长长地舒了一口气，就好像胸闷一下子缓解了一样，豁然开朗。

第二天一大早，我整理好一身行头，按以往的习惯去上班，极力按捺着对好胜心的追求欲，但是直到下班也没接到华婷的回复。

　　我觉得自己过于咄咄逼人，也许自己太自以为是，太把自己当盘菜，让华婷见笑了。

　　我用收纳箱一件一件地整理好自己的东西，把最珍贵的客户资料一页一页地交代给新来的同事，在大家异样的眼光中，和着宋晓宁的香水味走出公司。

　　"下班了？"刚走出公司大门就撞见了华婷。今天的她跟往常不一样，"黑白配"消失不见，取而代之的是跟她嘴唇一样的一身鲜红色制服，一种不适合她的颜色。

　　"嗯。"我托了托手里沉甸甸的纸箱，挤出一个难看的微笑。

　　"走吧，陪我去喝点儿东西，纸箱可以放在我的后备厢里。"

　　"OK！"我一口应下，完全没有腼腆和紧张，反而瞬间感觉释然。辞职也要给老板留下一个好印象，给自己这段时光画一个完整的句号。

　　华婷开着她的卡宴，带着我在闹市中七弯八拐地穿梭。我看着窗外，外面的热闹和车内的沉默形成了巨大反差。我觉得华婷是一个不善于表达自己的人，从这两次的交谈中，我发现她连最基本的寒暄都不擅长，尽管在工作方面，她是那么强势，那么游刃有余。

　　车在路上堵了半个小时，我们一直没有说话。我无聊地刷着QQ空间，她则一直跟着音乐用手指敲着方向盘打节拍。

就算是今天
你不在我身边的每秒钟
都像在和你谈一场恋爱

周栖飞 ♡

　　最后，在一家酒吧门口停下，我们随便叫了点儿喝的。华婷一会儿不动声色地看着我，一会儿又看看电视里直播的球赛。我觉得华婷在找突破口，所以我随时准备迎接她的问题。

　　"我读的大学就在你家旁边。"她拿掉Manhattan（曼哈顿：一种酒）里面的樱桃，喝了一半。

　　"这个酒很烈。"我看着她说。

　　"你也经常出来喝酒吗？"华婷看我好像很懂酒的样子。

　　"以前经常喝，现在很少喝了。不过这个酒很适合你，因为它的创始人是一个非常擅长社交的上流社会的贵族，虽然很浓烈，但是口感直爽，我也很喜欢。"我笑着告诉她。

　　她放下手里的杯子，斜靠在沙发上："你的短信我看了，就按你说的来。"

　　"不需要问问我的具体计划之类的？"我被她突如其来的干脆弄得不知所措，表面上却极力保持着镇定。

　　"你不是说喝这种酒的人都是直爽的吗？呵呵。"华婷笑着回答我，"翰森教育能发展到今天，是因为我身边有一群始终爱护着它的人，赫一飞就是其中之一。"

　　"我知道，听说赫总是公司的元老级人物了，而且一直忠心耿耿，为公司做出了很多贡献。"我顺着她的话往下说。

华婷轻轻地抚了一下裙褶，拿起手机开始自顾自地翻起来，把我晾在一边。

"喏，给你看看！"华婷把她的手机递过来，是一张照片。

照片上的她青涩地笑着，露出一嘴的钢牙套，梳着一个在我看来永远不可能在她身上出现的大马尾，手上还拿着一本牛津词典。

"这是我刚毕业的时候。"华婷看着自己的照片发笑。

"你这明显是摆拍啊！谁出门会拿一本词典啊，还是英文词典！"我略带讽刺地看着她，完全没把她当公司的老板。

她拿回手机放进包里，重新坐正。"太完美的东西都是假的。"她看着我说。

"你指什么？"我没明白她的意思，因为这张照片跟完美完全没关系。

"翰森现在正在经历一个过渡期，你觉得它很完美吗？其实它正举步维艰。"华婷拿起杯子喝了一口，这一口过于浓烈，她眯了一下眼角。

怎么会举步维艰呢？公司每个月的财报大家都看得到，公司的业绩和利润一直是直线上升的，再者，效益不好怎么会继续开分公司？我在心里嘀咕着。"为什么这么说呢？"我问她。

"大四那年，我跟很多人一样开始实习、找工作。"华婷看着旁边的一盆栀子花，"我学的专业是汉语言文学，毕业的前半年一直在学校里代课。后来在学校的时候认识了赫一飞，那时候他也是刚到学校实习，跟我分到了一个班。"

原来有韩剧的镜头，我在心里直夸自己聪明。

在花样年华甘愿为一个女人付出的男人，无所谓体力还是心力，除去激素使然，剩下的便都是真情实感。只是我很难把华婷口中那个满身书卷气的男生和今天的赫一飞联系起来。

"我也知道赫一飞对我的感情，但我从来没有答应或者默许，我一直都跟他保持着同事的关系。"华婷继续回忆着。

这家伙今天又是回忆青春又是回忆初恋的，还一口应下我的升职要求，不是对我有企图吧？我开始为自己担忧。

"我毕业后，到了一家教育公司工作，是跟我们相同的一家公司。老板很看重我，不出半年，我就已经对整个公司的运营和体系了如指掌，有了自己的团队和自己的客户群体，在公司也有了相当的地位。"她招手让服务员把蜡烛拿走，"不太喜欢蜡烛，总感觉随时要警惕着，一会儿不注意就熄灭了。"

"所以，翰森最初的团队都是你自己带出来的人了？"我直接帮她引出了后面的话题。

"嗯，一年后，我带着自己的团队出来创业，也就是今天的翰森教育。原公司的客户被我拉走了一大半，老板很气愤，跟我纠缠了很长一段时间。"华婷比画着那个老板的表情，夸张的动作把我逗乐了。

"后来呢？"我笑着问她。

"公司开业后，大家像打了鸡血一样，最早的团队各个都是精英，像对自己的孩子一样把翰森捧在手心里。我们用一年的时间做到了其他公司几年才能达到的水平。赫一飞也是因为公司需要，在那个时候加入翰森的。"聊到这里，华婷很兴奋，满眼都是亮光。

"人，都是同甘容易共苦难。"她突然收起笑容，"赫一飞后来在公司的努力让我觉得他是一个值得托付的人——我是指在事业方面，所以我把公司最重要的业绩部门交给了他。当然，他也不负所托，给了我最直观的利益。公司发展迅猛，业内同行唯我们马首是瞻。"她选了"马首是瞻"四个字，骄傲的目光再次告诉我，她是华婷。

"后来，教育局统一规划所有的中小学课外辅导机构，必须经过教育部门审批，取得合格的教育资质以后才能从事教育活动。公司一下子成了黑户，那个时候，如果没有政府人员的关系，我们是不可能拿到相关资质的。我每天都游走在教育部门，托人、花钱、找关系，最终都石沉大海。当时，公司预收的几百万元学费已经支出了大部分给广告和营销，如果还不能审批开业，就意味着我会在一夜间破产，所有员工失业。"她继续说着，语速比之前快了一些，"就是在这个时候，赫一飞让我看到了人和人之间永恒的联系，就是利益。赫一飞最终在我之前找到了直接关系，并连夜找到我，以公司转让给他30%的股份作为要挟，否则这个资质我永远也拿不到。"她苦笑着看着我，在等我的回应。

"怪不得他那么嚣张跋扈，外人都在热传你们之间的关系不清楚。"我像一个八卦的闺密，和她小声议论着。

"在你和宋晓宁出现之前，公司的财务状况和一切跟金钱挂钩的部门，都是赫一飞一个人说了算。但是他没想到你和宋晓宁的业绩会这么好，挤得整个总公司就剩下你们两个，而你们两个又都不是他的人。"她的语气里带着一丝胜利者的骄傲，瞬间让我觉得很可怜。

女人再强势也是女人。我说的一点儿也没错，在她们的内心，永远有那么一块柔软的区域，让有企图的人有机可乘，让猎人随时伺机捕杀。

"分公司的构想是我提出的，赫一飞强烈反对。但毕竟我是公司的大股东，况且，有了你和宋晓宁，我就等于把住了公司的业绩命脉。"她一脸重托的表情看着我。

"我和宋晓宁确实业绩很好，但华总还是言重了，我们哪有那么大的能力。"我突然觉得压力很大，不敢接下华婷抛过来的担子。

"赫一飞自知博弈的结果在向我倾斜，所以百般刁难，想让你离开。宋晓宁跟他是一类人，向他靠拢也是迟早的事。这样一来，我就再一次被动了。"她向前探了探身子，双手合十放在膝盖上看向桌面。

"原来你一直看得懂。"我回答她说。

"因为你和我是一种人，只不过你的能力没有我强罢了！"她"咯咯"地笑出声来。

"那华总还是别把这么重的担子交给我了，小心我再给你搞砸了！"我一脸鄙夷地看向她。

"我很早就工作了，仅有的几个闺密都不在国内，从来没有和任何人说过这些事情。"她回归到半严肃的状态，看着我说。

我没有回答她，脑子里飞速地回忆着今天晚上接收到的信息，思索着自己接下来的打算。

"So, we had a deal？（所以，我们来个协议？）"她笑着问我，伸出一只手摆出give me five（击掌）的意思，举在半空中等我的回应。

"我还以为你是对我有所企图，所以一直这么照顾我！"我伸出手"啪"的一声和她击掌，笑着回应她。

"你小子的想法太丰富，我读过'大王子和小王子'的故事，我懂。"她摆出阴险的表情，看着我"嘿嘿"地笑。

"啊？你是怎么……？"我略带诧异地问她。

"你正眼看过公司里的哪个女员工？你还记得公司那个最漂亮的前台今天穿什么颜色的衣服吗？"她大笑着问我。

"不记得……"

"我就知道，哈哈！"她笑得像个胜利的孩子，前仰后合的。

"就这样了，我回家睡觉了，明天得上班。"我无语地看着她。

"你不辞职了？箱子是我明天给你带回总公司，还是你自己搬回去？"她继续问我。

"麻烦华总明天帮我送到总公司，我自己搬上去，谢谢！"我起身做了一个出门邀请的姿势，示意一起离开。

5

任何人都需要给自己一个出口，无论你的后面或者前面以后会怎样美好和险恶，你都需要在最极端的时刻让自己冷却，让自己回到最原始的状态，来观察身边的一切是否如自己预期的那样发展。

　　那天我睡得特别好，好像一切都没有发生过。第二天一早，我精神抖擞地去上班，跟往常一样。

　　"这样就对了，要敢于面对，希望你既往不咎，我们还是最好的搭档！"宋晓宁向我伸出一只手，摆出她一贯的表情看着我。

　　"嗯！"我拿起早餐的菠萝包，塞进她的手里，"通知大家，上午十点开营销会，我有几件事情要宣布一下。哦，对了，早餐送你了，我还没准备会议资料，睡前就是不能喝酒，一觉到天亮。"我完全忽视了戳在原地的宋晓宁，拿着咖啡去咨询间，看我上周在花卉市场买来的"白雪公主"开花了没有。

　　不到十点，华婷就一身"黑白配"地走进办公室，一改昨晚和我聊天时的样子。她把车钥匙甩到我的桌子上："小沈，自己去把你的东西搬上来。"

　　"谢谢华总，昨天太不好意思了，还让您帮我带回去。"我微笑着点头回应她，然后走出门，留下一众同事面面相觑。

　　"好，今天的会议主要是向总公司的各位同事下达总部的几个决定。"华婷严肃范儿上身，"为了更好地发挥团队优势，分公司由我亲自带领，任命赫总为分公司的常任副总，总公司所有人员维持原岗不变；任命沈煜伦为总公司的营销总监，希望大家全力配合，继续为总公司的业绩锦上添花！"

　　我放下手里的笔记本，起身向大家微微点头，轮到宋晓宁的时候，我停下了。

　　"我要特别感谢各位领导对我的认可，还有同事们对我的支持和信任，尤其是宋晓宁。我要特别提一下，如果没有晓宁对我耐心细致的帮助，说不定这会儿我已经被辞退了。"说完我伸出双手朝着宋晓宁鼓掌，并示意大家一起鼓掌。

　　宋晓宁那一刻的表情是我见过的最让我喜欢的表情，那种尴尬的气氛使她的脸色由红转绿。几分钟后，我突然有点儿可怜她，但我还是难以抑制内心的兴奋，不断地发表着自己下半年的业绩计划，不断地向她点头示意。

　　会议结束后，华婷奔赴她和赫一飞两个人的新战场。

　　"恭喜你！"宋晓宁在身后伸出一只手，不同的是这次少了几分骄傲，多了几分谦逊。

　　"客气了，今后大家还要在一个部门工作，希望能好好配合！"我微笑着和她轻握了一下手，转头继续梳理客户资料。

　　我和宋晓宁的这场战争最终以她主动握手言和而告终。一个月后，宋晓宁辞职了。遗憾的是，我终究还是这场战争的失败者，我做不到游刃有余地谄媚，做不到失败后瞬间化身胜利者的忠诚粉丝，我只是华婷需要时顺应形势的一颗棋子。

从此，我成了总公司不可或缺的人物。也许跟升职后整个人的气势相关，我的业绩越来越好，单子越来越大，职位也一升再升。不到半年，我就跟赫一飞平起平坐，有了自己的办公室，成了总公司的副总，薪资也从四位数变成了五位数。

华婷开始越来越关注我的动态，越来越需要我的意见，公司所有的大型项目，她都会提前跟我通电话征询我的意见。不同的是，赫一飞越来越少地出现在公司，甚至很多次与合作商洽谈他都没有出现。

一天晚上，华婷突然给我发短信："我给赫一飞把股份折现了，他承诺离开公司，但是这笔费用让公司元气大伤，希望你能让公司渡过难关。"

宋晓宁再次出现在我面前的时候，挺着微微隆起的肚子。她约我在楼下的咖啡厅见面。

"沈总，越来越有大老板的感觉了！"宋晓宁主动起身，伸出一只手请我坐下。

我完全被突如其来的状况击晕了，表面镇定又一脸疑云地坐下，等着宋晓宁开口。

"赫一飞的。"宋晓宁低下头，轻轻摸着肚子说。

我第一时间想起当初和华婷坐在酒吧里的那个晚上，她告诉我宋晓宁和赫一飞是一类人的事情。感叹她料事如神的同时再一次有些同情她，事业被暗恋自己的男人瓜分后，这个男人又把她曾经的员工搞大了肚子。

"华婷很聪明，知道这件事的时候主动找到我，给了我一笔相当可观的钱，让我消失。她承诺，只要赫一飞在孩子生下之前找不到我，会再给我一笔足够我把孩子养大的费用。"她喝了一口水，慢慢抬眼看向我。

"所以，赫一飞发现你消失后满世界地找你，华婷在这个时候提出给他折现股份，他正好需要钱找你，并且无暇兼顾事业，就无头苍蝇一样地答应了华婷。"我顺着自己的推测说。

"嗯，但是我现在不想这样了，我想请你帮我跟华姐说说，这个钱我可以全还给她，我不想孩子没有父亲。"她露出央求的表情，"我想不到别人，只有你可以帮我，希望你能看在我们曾经一起共事的分儿上帮帮我。"

女人，是这个世界上最复杂的生物。从华婷到宋晓宁，我以为我懂，其实我是白痴。

宋晓宁走了以后，整个下午我都无心工作，第一次坐在办公室里不知所措，不知道自己究竟陷到了怎样的一种境况里。

第二天，我约华婷吃午饭。

"所以，你赢了。"一直到饭菜上齐，我才开口讲了第一句话。

"宋晓宁找你了？"华婷不紧不慢地继续吃饭。

我放下手里的碗筷，擦了擦嘴角。华婷慢慢抬起头，我们对视着。

"华总，我今天约您吃饭，并不想知道宋晓宁和赫一飞的情感纠葛，我只是想感谢您对我的栽培。我觉得这不是我想要的，所以我打算跟您辞职。"我郑重其事地从包里取出一封只有四个字的辞职信，慢慢地推给她。

华婷瞥了一眼辞职信，继续拿起碗筷。"想回来的时候随时可以回来。"说完，继续享受她的午餐。

我站起身，离开前看了一眼华婷，和在酒吧的那晚不同的是，今天她没有要Manhattan，而是要了一杯清水。

我苦笑着转过头离开。

Manhattan是一种非常浓烈的鸡尾酒，它的创始人是一位非常善于公关和社交的社会名流。喜欢这种酒的一般都是性格直爽的人，跟酒一样，干烈，回味无穷。

酒，只有在一个人喝醉的时候，才能体会其中的浓郁。

离开的那个下午，我把我曾经用过的、角落里的那张桌子擦得干干净净，升职后很少来这片区域了，打印机和显示器还在老地方，显示器边上还粘着我自制的笔筒，不同的是它们都落了灰，带着我的记忆被掩埋。

许多年后，我在一个招商会上见过华婷一次。她依然干练，清澈，黑白配。

偶然四目相对，就像第一次我开会迟到时见到的她一样，微微一笑，再无交集。

年轻是闭着眼睛逃亡，是一段不想承认，却也不想失去的时光。

我想，当年那封只有四个字的辞职信应该已经交代了我们两个人之间所有的关联吧。

"谢谢，再见！"

文艺说，喜欢上你才开始过节。

万圣节、感恩节、圣诞节、元旦，

我连劳动节都可以张所当然地送你一束白玫瑰，

那一年，我和你只落下了一个节，

它叫情人节。

能读出"不要为一棵树放弃
一整片森林"这种话的人，
一辈子都没有真正爱过。

起凡

Chapter 7

记忆中的妈妈是什么样子？

在炊烟袅袅的山脚下喊一声你的名字，你就蹦蹦跳跳地回家，

还是她坐在湛蓝的天空下，

你躺在她的怀里听她唱儿歌哄你入睡？

小镇里的苹果强

1

苹果强说，如果下辈子让他选，他会笃定地选择另一种人生，选择平静和美满。

在人生中步履维艰地蹒跚前进，你始终要在最难坚持的地方继续坚持，在最懦弱的地方克服懦弱。如果连自己都在慨叹不公，又如何不忘初心地继续走下去？

我们追寻安逸的生活，向往简单的自己，可总在最边缘的时刻掉转船头，极力苛责自己的人生。

想让自己过得流光溢彩，首先要学会持续闪烁。

但是我们也知道，千般呼啸最终会随着暮鼓晨钟变得风平浪静。

这是苹果强的人生。

镇子很小，有点儿什么事很容易就传开了。

那个时候我们逗他啊，经常敲着他的脑门问："昨晚有没有挨你老子揍啊？你妈的头发是不是又被扯了一地？"

苹果强的爸爸经常打他们娘儿俩，这是我们镇子里大家都知道的。

老人们的说法是哪有不拌嘴的两口子，但是苹果强的妈妈经常都是脸上带着瘀血推着地排子（一种木质的手推车）出来卖猪肉，大家也都慢慢觉得有点儿说不过去，但碍于那是别人的家务事，何况苹果强的妈妈自己都不说，大伙儿也都没有插手。

关上门，自己的家就是一座城。

为了出其不意的幸福而满足，被突如其来的矛盾打击，生活看似鸟语花香，其实充满忧患，奋力反抗后，残留的麻木感充斥全身。但你还得规劝自己，人生就是如此这般，这般如此。

苹果强的妈妈叫王爱美，年轻的时候在车间不小心被车床拽掉了左边的胳膊，后来厂子倒闭，她就每天推着厂子里抵给她的一架破木车出来卖猪肉。由于左臂没了，所以每次切猪肉的时候右臂就得使出更多的力气，时间久了，她的右臂变得格外粗壮，切肉也越来越娴熟，就算人再多也不需要排队了。于是，大家给她起了个外号，叫"快刀美"。

其实，这样的家庭算得上镇子里的富庶人家。苹果强的老子在镇外有30多个砖窑，镇子上的壮丁基本都在窑里做工。镇子不大，几年也不会出现一个外来人，来往做生意的就更少了，所以快刀美的猪肉摊生意也很红火。

打记事儿起，苹果强就由爷爷奶奶带着。他老子酗酒的名气就跟他砖窑的名气一样大，十里八乡都知道他能喝能闹。他经常半夜大醉后回家，借着酒劲儿随便找个理由就打快刀美，临了不解气就满屋子找苹果强继续撒气，所以苹果强很小的时候就避难一样地被爷爷奶奶带在身边，苹果强和他们的感情也远比他和爹妈的感情要深。

苹果强说，他对母爱唯一的印象就是小的时候，快刀美经常用一只胳膊抱着他，一晃就是一个下午。苹果强记得，那个时候的妈妈身上有淡淡的山茶花香，因为快刀美每次剁完猪肉都会用山茶花把身上擦一擦，免得苹果强闻到肉腥味儿哭闹。

后来，因为男人越来越频繁地实施家暴，受惊过度的快刀美只好躲到娘家。那个时候，每次苹果强想妈妈了，爷爷奶奶就说他老娘身上臭，会传染给他，后来他渐渐习惯了快刀美不在身边。

爷爷奶奶说，苹果强的老娘嫌弃他能闹，不想要他了。

爷爷奶奶还说，苹果强的老娘是克夫命，离得越远越好。

　　那个时候苹果强还很小，他分辨不出什么是嫌弃，更不知道什么是克夫命。

　　后来，快刀美每次来看苹果强，他都躲在里屋，任凭快刀美在门口怎么叫怎么哄怎么威逼利诱，他就是不出来。

　　他觉得，爷爷奶奶说的就是对的，他的妈妈和其他人的妈妈不一样，根本不喜欢他。

　　再后来，快刀美每次来看他，他都一概不见，在他心里，快刀美就是一个不能见的人。

　　有一天，爷爷奶奶说："苹果强，你老娘跟别的男人跑了。"

　　那天以后，快刀美再也没有来看过苹果强。

　　那时起，快刀美成了苹果强心里最大的敌人，最薄情的女人。

　　潜意识是自私的，总在人最脆弱的时候吞噬掉仅存的一点儿控制力，这一刻你开心了，潜意识会把所有美好的东西带给你；相反，你沮丧难过了，潜意识会告诉你更糟糕的结果，加深你的怨怒。

　　在苹果强童年的潜意识里，快刀美就是一个十恶不赦、自私自利的小人。

填写姓名表格的时候
写成了你的名字

那一刻
人生第一次找到努力的方向。

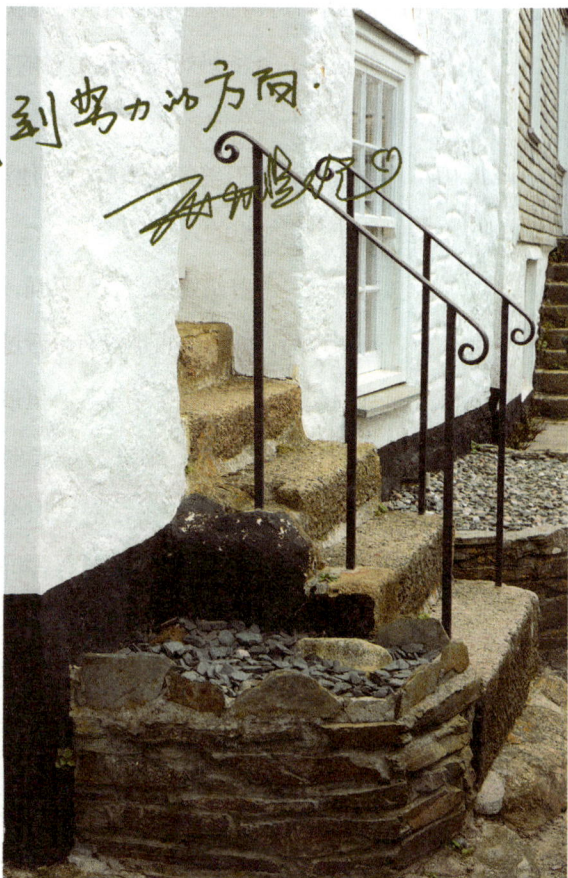

2

快刀美离开后，苹果强他老子再婚了，奇怪的是，打那以后，大家再也没见过他酗酒。他变得格外疼儿子，只要苹果强喜欢的东西，都是一次买两个，珍藏一个，用一个。

那个时候镇子很闭塞，苹果强的老子第一次给他带回来一部iPod（苹果便携式数字多媒体播放器）时，轰动了整个小镇。苹果强把iPod带到学校各种炫耀。那个时候，大部分人还在用磁带，好一点的是CD（激光唱盘）机，iPod无疑是小镇里独一无二的高科技产品。后来的iPhone（苹果手机）、iPad，苹果强每个都不落下，他也尤其痴迷苹果公司的产品。

跟他老娘外号叫快刀美一样，大家也给他起了个外号叫"苹果强"。其实，他本名叫刘怀强。

苹果强的成绩不好，几经周折才考了警校，实现了童年动画片里看来的除暴安良的梦想。

他经常跟我们通宵打电话，告诉我们他今天跑了五公里，学了徒手攀墙和单手擒拿等只有特工才会的技巧。那时候我们觉得他将来一定会成为电影中"阿汤哥"那样的高级特工。

他考上警校的那一年，快刀美悄无声息地回到了镇上，和大家毫无交集地继续卖猪肉。她依旧推着她的地排子，用着那把磨了又磨、越发锋利的杀猪刀，刀子依旧把砧板剁得沟壑不平。只是，她从来没有去看过苹果强。

那个时候镇子里的人都议论，说当年她跟别的男人跑了，后来人家不想要她了，她没地儿去才回来的。所以虽然快刀美回来了，但很多人都不屑去买她的猪肉，大家都说她是寡妇星转世，谁买她的猪肉谁家就会妻离子散。

快刀美倒是一点儿也不在意似的，依然每天早出晚归地卖她的猪肉。

转眼苹果强毕业了，他没有去国防部，也没有去美国中情局做"阿汤哥"的同事，而是被分配到小镇里做了片儿警。

当了片儿警后，苹果强每天都在一个固定的时间，抱着派出所门口的同一棵大槐树，呜里哇啦地哭诉自己怀才不遇，说这样混根本没啥前途，一辈子注定就是一个小片儿警了。

我们安慰他说，"阿汤哥"年纪大了，也快退休了，他去了也孤单，而且美国那个地方人生地不熟的，在这里起码还有我们陪他。

现实就是帮你看清楚自己的理想，把梦想变得踏实，你原来一直打算找寻的东西，就在自己的口袋里，稍微一伸手就拿到了，只是你一直都不知道。

改变不了现实，就闭上眼睛大口呼吸，大喊，畅快淋漓地接受。

苹果强每天一早都会例行检查周边的几个市场，快刀美的猪肉摊也在他的巡逻范围内。

那天，出于片儿警的直觉，他被菜市场熙熙攘攘的人群吸引了过去，临近了才注意到那是快刀美的猪肉摊。

他保持着理智，跟所有围观的人一样观察着里面发生的一切。

快刀美右手紧紧攥着杀猪刀，两眼通红地冲着两个中年男人破口大骂："你他娘的给俺说明白，谁的猪肉掺水了！谁的猪肉掺水了！"她边骂边用拿着杀猪刀的右手背拭一下眼角的泪水，还不时看向人群，像是在等大家帮她评理。

两个中年男人也嚷嚷道："大家说说，她这猪肉都掺水了，少点儿称还不是应该的吗？"

说实话，苹果强真想扭头就走，但是又迫于自己的职责，只好硬着头皮上前调查。

快刀美发现是苹果强，怔了一下，还是紧紧握着那把刀，红着眼睛望着苹果强，眼泪唰唰地往下淌，但她上牙咬着下嘴唇，憋着没哭出声来。

苹果强面无表情地问是什么情况，两个男人一看警察来了也有点儿脚软，直接承认是他们为了少花点儿钱造了谣，还想赶紧给快刀美道歉交钱走人。

但让所有人没想到的是，快刀美见他们想走，一步跨到他们前面，直接抬起手做出拿刀砍他们的动作，她眼睛泪汪汪地喊："不准走，谁走俺砍谁！"

苹果强上前一步，拿出手铐干净利落地"咔嚓"一声铐住了快刀美。快刀美顿时傻了眼，手里刀一滑落扎在了她的地排子上。

周围的人小声议论起来，又看好戏似的，想瞧瞧亲生儿子是如何铐住他老娘的。

议论声传入快刀美和苹果强的耳中。

苹果强没说话，脸上也没什么表情，他低下头，拿起砧板上的一块油布盖住了铐着快刀美的手铐，推搡着她往派出所的方向走。

眼看快到派出所了，快刀美停下说："强啊，你给俺把铐子摘了吧，里面都是你的同事和领导，别给你丢了人，俺不跑，俺不跑。"

尽管快刀美在苹果强很小的时候就走了，但是快刀美是苹果强老娘的事情大家还是有所耳闻的。镇子不大，大伙儿都是抬头不见低头见的，现在他铐着自己的老娘回了派出所，刚一进门大家就愣得停下看着他，所有人都在等他的下文。

快刀美又扯了一下苹果强，小声说："强啊，别给你丢人了，俺不会跑，你快松开吧，别给你丢人。"

苹果强没有理她，在后面又推搡了她一下，意思是快点儿走。

做笔录的时候，快刀美一直是有问必答，最后对于自己有伤人的企图也供认不讳。她全程都直勾勾地盯着苹果强，偶尔还会笑着点点头。

苹果强一直低着头，快刀美回答一句他记一句，其间没抬头看她一眼。

"你为什么想砍他们？"苹果强问。

"强啊，俺儿穿警服真气派！"快刀美抿着嘴角笑着回答，完全没有顾及问题的内容。

"问你问题，老实交代！"苹果强吼了快刀美一声。

快刀美又一怔，紧接着说："俺想，要是他们走了你也就走了，俺要是吓唬吓唬他们，你就能多待一会儿。"

苹果强抬起头看着眼前的快刀美。

"强啊，和同事关系好不？领导对你好不？

"强啊，俺给你切点儿肉，你带回去自己炖一炖，炖得稀烂了再吃，你爷爷奶奶牙不行。

"强啊，你零花钱够不？俺回头给你拿。"

苹果强厌恶地拿起笔录本子，重重地摔在墙上，不耐烦地说：

"你赶紧走吧！"他这么吼了快刀美一句，就出去了。

快刀美坐在原地看着苹果强的背影，很久才离开。

这么多年来，这是他们离得最近的一次交谈，尽管内容和地点都不对。

记忆中的妈妈是什么样子？在炊烟袅袅的山脚下喊一声你的名字，你就蹦蹦跳跳地回家，还是她坐在湛蓝的天空下，你躺在她的怀里听她唱儿歌哄你入睡？

顷刻就是天堂。

3

小镇位于云南和缅甸的边界，跨一步就能平稳地站在缅甸的国土上，地理位置的特殊性让小镇里长久以来充斥着毒品交易的黑暗，很多同学都是还没结婚，就已经被毒品送进了黄土。

打小苹果强的爷爷奶奶就一直告诉他不要和毒品接触。他表哥后来就是吸毒死的。

毒品交易往往是以点画面的，镇子虽不大，但是周边几个乡镇都盘踞着很多毒枭，充斥着见不得光的交易，杀人放火这类事件在小镇上并不稀奇。

苹果强说，那个时候他年龄还小，血气方刚的他认为，早晚有一天他可以完全铲除这些地方恶霸。当上警察后，他却越来越觉得靠一己之力很难完成这个宏伟愿望。

理想有强大的驱动力，越靠近就越驱使着我们朝前赶，身处困境，连毛发都是利剑。

小镇查黑车运营，派出所联合交警队执行任务，苹果强从高架桥出口拦下一辆挂着当地牌照的车，司机还没停稳车就冲进了旁边的麦地消失了，苹果强他们追了两个多小时，终于在一条小河沟里抓住了他。

意外的是，那不仅是辆黑车，警方还在车上查出了大量毒品，足够苹果强他们整个部门升职的。

谁知没出两天，苹果强就接了个电话，对方威胁他说："小子，你给我等着，我的货不是这么容易拦的！"

三天后，苹果强在下班路上遭人算计，被人用麻袋装进一辆面包车运到了郊外。

主事的大哥说，苹果强耽误了他赚钱，但是给苹果强一条活路，以后只要是他的货就必须放行，多个朋友多条路，不要敬酒不吃吃罚酒。

苹果强说自己当时满脑子都是"阿汤哥"的形象，于是啐了口血说:"敬——你——妈!"

等他再次醒过来的时候,漫天的苍蝇围着他转,浑身剧痛夹杂着眩晕。他的左胳膊被人砍了。对方以为他失血过多死了,就把他扔在了桥底下。

他说自己顺着垃圾堆爬到了高速路上,如果不是穿着警服估计真的就死在路边了。好心的老乡看他还有气,就把他送去了镇上的医院,经过抢救总算是脱了险。

在小镇这样的地方,无头案件每天都在发生,抓人是需要证据的。苹果强出院后依然和以往一样执勤,偶尔也会继续接到恐吓电话。

4

护士说,苹果强住院期间,快刀美都是一大早就来,趁着苹果强还没醒,给他放下早餐,看一会儿,然后把他的脏衣服带走。

后来苹果强出院,快刀美就再没出现了,菜市场也找不到她。

苹果强经常一个人低头骂,婊子就是婊子,说跑就跑,狗改不了吃屎。

那天下午,苹果强坐在大槐树下,任风吹着空荡荡的袖管,一个人发呆。

所里领导突然冲了出来，后面跟着几乎所有的干警，没等苹果强回过神来，他就被拉上了警车，仅有的四辆警车呼啸着冲向隔壁镇子。

苹果强知道出事了，于是问大伙儿怎么了。

大伙儿谁都没出声，最后新到任的副局长拍了一下苹果强的肩膀说："是你老娘。"

苹果强的脑子"嗡"的一声就炸了。如果不是出了大事，不需要所有人同时出岗。

一路上苹果强都在仔细回忆着快刀美消失前的样子。他依稀记得，他躺在病床上，快刀美不知道他已经醒了，坐在椅子上看着他。等快刀美要走的时候，他偷偷眯着眼睛看了几眼快刀美，赶紧合上眼睛继续睡觉。

他还想起了小的时候，快刀美身上山茶花的香味。

快刀美抱着他，一晃就是一个下午。

他哭了，眼泪唰唰地往下掉，他在心里喊着：你这个女人，每次出现都给我闯祸，你不能怎么样啊，你不能怎么样啊，你等我啊，我快到了，你等我啊，我快到了！

你等我啊，我快到了！

临近隔壁镇子的时候，所有车的警笛都关了，车子还没停稳，苹果强第一个要冲下车，但是被副局长死死地按在车门后面，让他冷静冷静。

四辆警车把一个小出租屋围了起来，所有同事拔出枪站好队形，大家都不知道会迎接怎样的挑战。

副局长拿出喇叭，冲着出租屋喊："里面的人听着，把门打开，排成队背对着外面走出来，不管发生了什么事情，人民公安都会第一时间帮助你们，不要做傻事！"

喊了两遍，里面都没有声音。

苹果强跳起来，一把夺过副局长手里的喇叭，冲着里面就喊："老娘，你在里面吗？你快点儿出来啊！"

门霍地打开了，副局长举起手，示意大家不要动。

过了一会儿，所有人都惊得说不出话来，苹果强的老娘——快刀美右手攥着她那把杀猪刀，鲜血已经沾满了全身，脸上已经看不出任何一块皮肤的颜色，只能勉强看出她的眼睛半睁着，不时还有鲜血顺着她的头发往下淌。

大家猛的一下举起手枪，全都瞄准了快刀美。

苹果强见状就想往前冲，再一次被副局长按住。于是他冲着其他同事声嘶力竭地喊："你们他妈的把枪放下，这是我妈！你们他妈的把枪放下，这是我妈！"

副局长示意大家放下枪，等着快刀美的下一步动作。

快刀美往门里退了一步，用拿着刀的右手背像拭眼泪一样把脸上的血抹掉，冲着苹果强喊："强啊，俺给你报了仇了，你娘把这些王八羔子都剁死了，都他妈剁成肉酱，剁死这些王八蛋！"

"强啊，你以后不用怕了，谁欺负你，俺就把他剁死！"

快刀美又往里退了一步，喊："强啊，俺这辈子没找其他男人，俺知道自己给你丢人了，你不要怪俺，俺不能让他们白白砍了俺儿的胳膊！"

说完，完全没有顾忌苹果强的喊叫，"砰"的一声关上了门。

大伙儿都把枪放下了，全都看向苹果强。

苹果强赶紧冲到出租屋侧面。从这里仅有的一扇大窗户可以看到屋内的状况，副局长叫上几个同事赶紧尾随了过去。

出租屋里，快刀美强壮的右臂一次次举起那把用了几十年的杀猪刀，一次次狠狠地剁在已经血肉模糊的毒枭身上，她边剁边大声骂着："你们欺负俺儿，剁死你们这些王八羔子！"

快刀美完全没有在意外面的一众警察，包括她的儿子苹果强。

"乒！"不知道谁突然开了一枪，快刀美原本想举起的刀再也没有举起，她顺势倒下。

　　"妈！"苹果强声嘶力竭地喊了一声，冲向了出租屋。

　　鲜血和零散的肉块撒满了出租屋的地面，血腥味呛得人睁不开眼睛，快刀美倒在血泊中，已经没了呼吸。

　　苹果强冲上去抱起快刀美，仰天大哭。

　　快刀美的脸上露出了难得一见的笑容，满足，安详。

　　苹果强想起来，小的时候快刀美经常一只胳膊抱着他，一晃就是一个下午。

5

　　快刀美完成了人生中最荣耀的一次落刀，含笑离开。

　　张嘉佳说，在这个世界上，没有两个真的能严丝合缝的半圆。只有自私的灵魂，在寻找另外一个自私的灵魂。我错过了多少，从此在风景秀丽的地方安静地跟自己说，啊哈，原来你不在这里。

　　我们错过了人生中最美好的乐章，我们能失去的东西越来越少。

　　局里考虑到案件的特殊性，安排苹果强和另外一个同事处理快刀美的遗物。

　　这么多年来，苹果强第一次走进快刀美的住所——位于镇郊的小房子。

苹果强像孩童探险一样地打开门，四下张望着这个快刀美曾经一个人生活的地方，干净得出奇，整洁得没有一丝灰尘，屋中央的桌子上，一盆山茶花骄傲地绽放着。

苹果强和同事按惯例将屋内所有的抽屉和柜子检查一番，除却几张借款单，没有任何和钱有关的证据。

苹果强走到客厅，坐在茶几前。

山茶花的花盆旁边，放着一个牛皮纸袋。

苹果强打开，掏出里面的东西。

一张房产证，一张字条。

苹果强的眼泪唰唰地流下来，他打开房产证，户主一栏清晰地写着"刘怀强"三个字，过户日期是上个星期，也就是快刀美消失的日子。

他哽咽着打开那张字条，那歪七扭八的字体仿佛能够折射出快刀美的笑容：

"强啊，你来了！俺儿安全了！俺这辈子没有对你尽到责任，俺不是一个好妈妈。但是俺想保护你，所以那几年，俺去广州打工，本来打算混好了把你接过去，结果被工友坑走了钱。后来俺要过饭，洗过盘子，还给人家擦过玻璃。最近一次打电话给你爷爷奶奶，俺知道你毕业了，就想着回来照顾你，所以俺回来继续卖猪肉。

"俺不在乎别人对俺的看法，俺能见到你就很知足了，你不要怪俺，俺没什么能力，也给不了你什么。"

苹果强用手捂着脸，泣不成声，再也看不下去。

如果生命给了你一个选择，你会选择安稳的平凡还是起伏的完美？

苹果强再次打开字条。

"强啊，你到我床底下抽出那个纸箱子，里面的东西都是买给你的。"

苹果强哭着走到床脚边，蹲着费力地把纸箱子抽出来。

他用手擦掉上面的浮灰，打开箱子，一件件取出里面的东西。

有快刀美在他童年时离开前，给他买的变形金刚，还有iPhone 1、iPhone 2、iPhone 3、iPhone 4、iPhone 4S、iPhone 5、iPhone 5S、iMac（一款苹果电脑）、iPad、iPod nano（一种苹果音乐播放器）……

每一件都用心地包好，只有一个iPhone 4拆封了，因为快刀美根本不知道iPhone是什么，只知道她的儿子喜欢，所以就买来，打开看了看，又装回去。

每取出一件，他的哭声就更痛苦。

"强啊，俺告诉人家商店，每次有了新的就告诉俺，俺想办法给你买下来，将来见到你，俺一块儿都给你，让你高兴高兴！"

苹果强"哇哇"哭着，用头撞着床边。

"妈!"

6

快刀美离开后没有再嫁。镇子里很快就传开了事情的始末，再也没有人议论"寡妇星"的故事。

苹果强跟副局长一起出动，端掉了毒枭的老窝，查获了大量毒品，副局长调到了市里，苹果强因为功劳显赫，加上因公受伤，被推举为副局长。因为跟他老娘一样断了一只手臂，大家都叫他"断臂局长"。

从那天起，再也没有人叫过他苹果强。

7

快刀美火化后，苹果强一直没有把她下葬。

　　他说，他要带着她去游历祖国的河山，去看首都的故宫，去看西藏的白云，去看丽江的玉龙雪山。

　　他说，他以后要经常抱着他老娘的骨灰，像小的时候他老娘抱着他一样，一晃就是一个下午。

　　他说，他从来不知道，原来只用右臂抱着一个人，是那么的沉重。

　　这是关于苹果强的故事。

　　记忆中的妈妈是什么样子？在炊烟袅袅的山脚下喊一声你的名字，你就蹦蹦跳跳地回家，还是她坐在湛蓝的天空下，你躺在她的怀里听她唱儿歌哄你入睡？

　　顷刻就是天堂。

给未来的你：

你这个矫情的小家伙，

你知道嗎？

在没有遇到你之前，

整天对着你笑的我，

经常因为你偷偷掉眼泪。

这辈子和你说的最后
一句话一定是：
"待会儿见："

Chapter 8

我就这么静静地看着他，

猜不到他在想什么，看久了就掉进他的世界里。

尤子千里走单骑

尤子在山东话中的意思是充大头、凡事喜欢显摆自己的人。

我说你以后就叫尤子了。

那年17岁，我们都留着当时最潮流的发型，带着最自信的笑容。

青春十年，十年复十年，十年绿叶变杏黄，十年海水复朝蓝，十年向往，十年苍茫。

他走过的路边有青涩木吉他，有细雨敲屋檐，有荷藕镇纸台。

我就这么静静地看着他，猜不到他在想什么，看久了就掉进他的世界里。

他是尤子，在我纪念册的第一页。

刚分班那年，他睡在我的对床，每次别人下床踩到他的床单，他都会像触电一样立刻蹦起来，一副要打架的样子，但是三秒钟后他又会收回十成功力，堆起满脸的贼笑。

他一直是班里的骨干分子，我们之间唯一可以达成共识的一句话就是"既生瑜，何生亮"。

后话就是尤子最终创业了，是行业里出色的老板。有的时候我就在想，人真的是三岁看老。你是一个什么样的人，从生下来的那一天起就已经决定了，任凭你在人世间如何打拼，到最后你能做的，就是明白如何顺应命运的安排，极力做最好的自己。

我一直最鄙夷的，就是中国校园的管理方式。尽管我后来也做了一名教师，依旧不能接受部分所谓约定俗成的管理规定。

那时候的学校跟现在一样，对学生的外貌管理得相当严苛，尤其是对男生的发型。每天早操时学生会的人都会专门抽查，方式就是用手指贴着头皮插进头发，超出手指的部分就算超长，所以男生都是一律的板寸。

言归正传，这种对发型的检查，可苦了尤子。

分配好宿舍的第一晚，班主任让我们回教室安排座次。

因为我和尤子的身高难分伯仲，所以他跟我一样坐在班级的最后面，我们这一类身高的男生永远都处于边缘地带，无论在哪个方面。当然，你可以把边缘地带理解为"高冷"之类的。

政教处的"老佛爷"来抽查各个班级的形象，一进门就指着尤子说："那个同学，你站起来。"

尤子浑身散发出的文艺气息，在政教处老师的眼里是一种不和谐。其实所谓真正的和谐应该是大一统的，比如入校的第一个学生是"土"的，全校都要将这种"土"传承下去。

五分钟后，尤子面红耳赤地被带走了。

尤子出身于标准的富二代家庭，虽然我们学校本身就是贵族学校，但是大家依然对他的家世感叹不已。父母从商，老一辈是在山西做煤炭生意的。虽然尤子从小就被娇生惯养，但极少有大少爷的做派，除了有时候容易犯懒加上耍耍小聪明以外，最大的毛病就是爱面子，自尊心比命都重要。

总的来说，他是一个好人。

估计是上一辈觉得从商的人家中文化氛围不够，就对尤子的个人发展极为看重。尤子琴棋书画无一不精，这也是我和他矛头相向的地方，在他来之前我一直是大家瞩目的焦点，但是世界就是需要循环生物链才得以进步，一个人的风光叫作多姿多彩，两个人的世界叫作"火烧云"，总要有一个更出色的才不至于被比下去。

所以爱面子的他，面红耳赤地被带走。

之后的一个多小时，班主任用她成功的个人履历向我们阐述了什么是人生的巅峰，什么是学习改变命运，听得我们这些小孩儿一愣一愣的，其间掌声不绝于耳，好多同学被她精彩的人生经历感动，流下了一滴滴真诚的眼泪。

我和同桌听得百无聊赖，正打算找个理由提前撤退的时候，尤子回来了，一进教室门就被全班同学的哄堂大笑洗礼。

如果我说尤子跟政教处的老师有仇，你一定不会怀疑我。半长不长的头发最难看，尤子充分证明了这句话。因为看到他发型的第一刻，我除了用五体投地来形容自己对政教处老师的佩服外，找不到任何其他的词。也许政教处老师考虑到尤子有很多的业余文艺演出，所以网开一面给他留了一个中长发型，代价就是过于整齐，像用一个大汤碗扣在头上剪的一样，可媲美西瓜太郎。

开学不久，我和尤子成了最好的哥们儿，他的性格里有和我互补的地方。

那时候韩国的歌手组合H.O.T横扫校园，各种颜色的"杀马特"发型冲击着我们封闭的心灵。我们丢掉小虎队青涩的海报，迷恋起了各种彩色的发型和听不懂的韩语歌。

尤子建议我们为校庆准备一支舞蹈，得到了哥儿几个的一致赞同。于是我借了琴房，每天晚自习理所当然地去练舞，大家为了感应潮流号召，发型越来越"杀马特"，裤子像棉裤一样越来越肥，上衣越来越宽松，每个人专门定制了一条超长的围巾用来垂在地上，这样"大回旋"的时候会增加酷炫感，手上也戴起了各种指环和手链。

苦苦排练了三个月，由于我们的舞蹈过于前卫，又一次理所当然地被政教处以不适合青春校园风气等理由刷了下去。

尤子劝我们不要沮丧。校庆演出结束后，我们自己提着收音机，着装前卫地走班串宿舍，逢人就给跳一段。大家的掌声洗礼着我们的青春。

尤子经常一个人去食堂边的小树林，对着学校的人工湖发呆。

我说："尤子，有一次我不小心看了你的日记。"

他说："你丫的，看人家日记有不小心的吗？"

然后他又问："你看到什么了？"

我说我看到了我自己。

尤子在日记里说他感觉跟这个地方格格不入，这里给不了他想要的，他希望可以尽快离开这里。

第二年，尤子要退学，理由是他努力让自己接受的现实不是他所期待的，眼前的一切让他没有兴趣去追求。

班主任让我劝他，我扭头对尤子说："你找到好的地方告诉我，我去找你。"

青春永不迷茫，青春的魅力是过于精彩，让我们不知所措。

一个月后，尤子退学。

那天，尤子的老爸开着劳斯莱斯来接他，他回头看了我们一眼，挥挥手就哭着关上了车门。

我也哭了，我说你终于走了，丫的以后我就没有进步的空间了。

后来和尤子失去了联系，我们继续我们的"土"。听说他去了很多地方，学了很多自己想学的东西。

那年圣诞节前，尤子打来电话。那时候手机没这么普及，走在时尚前沿的我是班里唯一有手机的人，全班同学都趴在我旁边，听着尤子在电话那头炫耀他现在的人生，比如他留了自己喜欢的发型，而且染了颜色，他此刻正坐在洒满金色阳光的阳台上，脚下是遮天蔽日的杧果树，一个个黄澄澄、金灿灿的杧果触手可及，虽然临近12月，但只要穿一件薄衣服就可以光脚站在阳台上，享受着下午的时光。

我们在电话这头哈哈傻笑，说好羡慕呀，好羡慕呀。回头继续打扫卫生，擦风扇、抹桌子。

一星期后，我们收到了尤子从外地寄来的明信片，自恋的他还把自己的大头贴粘在了最明显的位置，骄傲地冲着我们傻笑，那种完全释放的笑容让我们觉得自己的人生是那么乏味，自己是那么懦弱，连选择自己人生的勇气都没有。

我和尤子都是班主任的得意门生，他的离开让我更加得宠。虽然平时惹事闯祸我基本都有份儿，但因为成绩优良、组织能力强，班里的大小事务基本都是我负责。

我拿着尤子寄的明信片跑去找班主任，告诉她尤子来信了。

她看明信片的眼神我不记得了，只记得她看后很平静地说了一声"好"，随手把明信片塞进了抽屉里。

后来有同学说，看到班主任一个人在办公室拿着那张明信片边看边笑。

毕业前我只见过尤子一面，他回来拜托我一定要用尽全力帮他画一张花开富贵图，而且要署名是他画的，他要送给朋友的家人。

我说你真是虚伪到极致了。

他说，自尊比生命都重要。

然后我们又失去联络。

后来我工作了，尤子突然来电话说请我吃饭，叙叙旧。

好多年不见，我打扮好，自信满满地去见这个让我欢喜让我忧的哥们儿。见面后发现尤子身上多了一些稳重，坐在我对面的他不再张牙舞爪地吹嘘自己，而是跟我静静地讲着他这几年的经历，告诉我他的感情，他的家庭，他的现在。我才知道他其实过得不好——没有我想象中那么好。

有这么一类人，在一起的时候火花四溅，分开了却倍加思念，想念的不是这个人，而是这个人在的时候，你可以释放出最好的自己，和高手过招的感觉很过瘾，很刺激，久而久之你也就依赖上了这个人。

我极力控制自己积压多年的情感，告诉尤子他走后我们大家对他的思念，两个人你一言我一语地闲聊。

我跟尤子说，我上星期刚面试一个工作，今天通知我可以上班了。

他眼里闪着光问我，还缺不缺人，什么岗位都可以，他的学习能力很强。我从来没有见过他这样说话，于是便点头应下了。

最终还是没有和尤子在一起工作，他误打误撞找到了一家不错的公司，待遇和福利都很好，老板对他青睐有加，加上他的业绩好，几个月后就当上了小领导。

我知道后禁不住嘲笑了自己一下，你看，他又一次验证了我说过的话，优秀的人走到哪里都会有饭吃，而且吃得很满足，速度还比别人快。

一年后，尤子给我打电话，说他准备离开那家公司自己创业，问我是不是打算跟他一起做。

我跟他说，二十几岁的我没有那么大的志向，总是认为几千元的工资难不倒我，我还打算再磨炼几年。

当身边的人超越你的时候，你总是多多少少会怀疑自己的选择。最终我还是没有和尤子一起创业，尤子的事业蒸蒸日上的时候，我也选择了单飞，这是后话。

尤子的人生就是为了衬托我们的平凡，年三十他给我们发短信，说自己去年10月已经闪婚，让我们说一句迟来的祝福，而且婚后老婆很快就怀孕了，这着实让我们又羡慕了一把。

今年5月去上海开会，我打电话给尤子问他要不要一起去，因为上学那会儿的几个好哥们儿都在上海创业了，大家可以顺便聚聚。他说不行，老婆身边离不开人，也就作罢了。

我其实一点儿也不了解尤子。

我甚至不知道这几年他究竟到过什么地方，经历了什么样的人和事，赚了多少钱。

我只知道，生命中一直有一个激励着我努力、时刻给我力量的人。

我们宿舍有一个在黄河边长大的孩子叫小龙，他的口音很重。

那个时候他是体育委员，偏偏特别喜欢展示自己的英语功底，因为口音问题，每次发音都会特别招人笑。他的理想是当一名解放军。

那时候刚开学，班主任让我们每一个人站起来说说自己的理想，小龙第一个举手，站起来挺着胸膛说："报告老师，我的理想是当一名合格的囧（军）人！"话音刚落我们就哄堂大笑，班主任赶紧帮他解围说："军人好啊，保卫祖国，舍己为人！"

想念小龙。

最近一次听到尤子的消息，是前几天。

小龙给我打电话："你出差回来了没有，尤子没了，班主任说让全班都去。"

我拿着电话站在街上，看着满墙的蔷薇骄傲地争艳。

记忆定格，顷刻间雾霾疯狂地掠夺着这座城，能见度极低的状态下只看得到诡异的车灯来回交织穿梭。

这样的空间和时间很容易让人触目伤怀，会让我觉得自己已经死了，彻彻底底地昏睡在一个结界中，槁木死灰一般地吃饭，欣赏被污染的城。

尤子心梗，住院几天就没了，老婆大着肚子哭得死去活来，两家人都炸了锅。

知道这个消息的那天，我翻遍了尤子微信朋友圈所有的消息，最后一次更新是他在医院的病床上，脸煞白煞白的，还不忘记傻笑着对镜头摆出一个"二"的手势。

他问，帅吗？

我拿着手机，边哭边在心里说，丫的，白成这样了还是很帅！

我不知道还有什么故事可以写我这个哥们儿，因为匆匆十多年，时光虽久，交往甚深，了解却寥寥。

我跟出版社说，我有一个哥们儿，我想把他加进这本书，文字少得可怜，但是我就是觉得需要提一下他，他对我弥足珍贵。

我没有足够的文字，所以只能只言片语地做一段纪念，纪念一段喜忧跌宕的时光，守候一份自我的寂寞。

想忘记一件事的时候，你就逼着自己投入地去做另一件事吧。这是谁都知道的道理，它确实奏效。

爱人告诉我，当你仰望星空的时候，其实你看到的很多星星已经不存在了，你所看到的只是它们的残像。但我还是选择每晚去找一下那颗星星，看一眼。

在同样的一座城，不同的人相遇后分离，到达后离开。每个人都在描绘着自己传记中专属的地图，沟沟壑壑，圈圈点点。印象深刻的，就画上一个圈；记忆模糊的，也就慢慢在不同地域、不同时间，被这个世界吞噬了。

每一份自认为真挚的感情，你总是要在心里给别人留一席之地。

青春十年，十年复十年，十年绿叶变杏黄，十年海水复朝蓝，十年向往，十年苍茫。

他走过的路边有青涩木吉他，有细雨敲屋檐，有荷藕镇纸台。

我就这么静静地看着他，猜不到他在想什么，看久了就掉进他的世界里。

他是尤子，在我纪念册的第一页。

你不知道的事：

我经常趁你不注意，往你兜里塞钱，

无论你需不需要，我有的都给你。

我的银行卡密码是我们相遇的日期，

从我们遇见那天开始，我的全部都给你。

我的房间密码是你的生层，

我的世界只欢迎你一个人。

我在你的书包里放了一把我家的备用钥匙，

我真是非常希望你把这儿当成家的。

我的爱是一粒种子，
只有遇到你才能开出漂亮的花。

张艺兴♡

Chapter 9

这辈子和你说的最后一句话一定是：

"待会儿见！"

情书告诉我爱你

就算是今天，

你不在我身边的每秒钟都像在和你谈一场异地恋。

以前我用脑子过日子，

遇见你以后开始用心过日子。

因为我们不会分开，

所以不相信世界上还有别的男孩会像我一样幸运。

没在一起的日子，常常想你想得心发酸。

下辈子也要让我先喜欢上你，虽然流过血，

流过泪，但你一定不知道喜欢你是一件多幸福的事。

谢谢你在我求了好几次婚以后才接受我，

对于你，求婚101次也觉得不够尽兴。

这辈子和你说的最后一句话一定是："待会儿见！"

如果今天我还没有和你在一起，那我现在应该在你家楼下等着你。

幻想着有一天能向世界发出一条这样的微博。

现在告诉你，

你昨天发的不知道怎么命题的微博应该命题为"未完成"。

每个星期都会给陈旧的手机充上一次电，

这样我可以确保手机不会有一天打不开，

因为这部手机的草稿箱里一直存着一条未发出的短信：

一定是喝多了才敢给你发这条短信，我想我喜欢上你了。

HUNTING

听你听的歌，看你看的书，

坐你坐过的座位，去你常去的宠物店，

天知道，哪天你会心血来潮地对我说一句：

你和我很像！

HUNTING

你值日的那天，我特意替班里一个女生值日，

为的只是放学后可以和你多待一会儿，

可能因为我太喜欢你了，

我拿着拖把从你面前经过的时候紧张得同手同脚，

那天下午是你第一次对我笑，

后来，我走路就经常同手同脚，

不是我傻，而是单纯地想看到你对我笑。

下雨天，放学回家的时候，

我在的士里看到你一个人在网吧屋檐下避雨，

我急忙在另外一个路口跳下车，

急匆匆地冲到同一个屋檐下和你一起避雨，

屋檐特别小，但那时候我却觉得屋檐特别大，

我多想要一个只能容得下你我二人的屋檐啊，

我的嘴里在念叨，能不能别下了？

心里却在祈祷，拜托，再下得大一点儿，久一点儿吧，

这场雨可千万别停啊！

反反复复地练习向你告白的话，

当你出现的时候，

立刻装作什么都没有发生，

我怕会一不小心吓走了你，

任何事情都可以重新开始，

但和你在一起这件事，没有试验的机会，没有退让的余地。

第一次和你讲话的时候，

为了拉近和你的距离，我说了些不该说的话，

我知道自己有些下不了台了，

但依然吊儿郎当地消遣你，

这样能掩饰一些我的恐惧。

我怕你在那时候就看出来我喜欢你，会躲着我。

事后，我嬉皮笑脸地离开了，

接着我躲进洗手间里重重地抽了自己一记耳光，

因为我给你的印象一定坏极了，

那是我这辈子第一次抽自己耳光，

第一次为别人抽自己耳光，

那个人是你。

填写姓名表格的时候，写成了你的名字，

那一刻，人生第一次找到了努力的方向。

为了能和你建立联系，那时候做了特别多傻的事情，

雨天，每天上午放学后，我都会跑回教室偷走你的雨伞，

这样到了下午放学，如果运气好，你会在教室里到处找雨伞，

这时候，我就会假装漫不经心地把自己的雨伞递给你。

一直往复，屡试不爽。

有一次雨天，

你手里拿着雨伞却习惯性地找到我问："我的雨伞呢？"

我看了看你手里的雨伞暗自发笑，你低头看了一眼手里的雨伞，

很酷地扔到了一边。

大雨滂沱，你特别认真地问我："我的雨伞呢？"

我从包里掏出备用的雨伞，我特开心，

因为我知道，你还是愿意让我替你遮风挡雨的。

天空出现星星的时候，是我在想念你了，

天空飘下雨点的时候，是我在想念你了，

天空乌云密布的时候，是我在想念你了，

天空万里无云的时候，是我在想念你了。

夜里，生命中似乎只剩下了等待和思念，

我一定是太喜欢你，才会这么孤单，

我抽烟，喝酒，种花，想你，然后打网游，

在和你正式开始前，我好像就已经失恋了一万次一样。

暗恋你的感觉，和中了枪一样。

特别特别喜欢你，所以特别害怕别人和我抢，

自己做过一件特别龌龊的事情，

在班里四处说你的脑子有问题，

大家都是新生，你话不多，又很少住校，

那时候，很多人都相信了。

但后来我发现脑子有问题的人是我，

谁会用这样极端的方式，发疯地喜欢一个人呢?

晚自习，你向老师请假离开了，

你说你要一个人去球场的墙上写黑板报。

我知道你心情不好，根本不是去写黑板报，

就趁老师不注意悄悄从教室后面溜出去找你，

最后，我在球场上找到了你的身影。

那一晚，你手里拿着粉笔和笔记本，一个人走在偌大的篮球场上。

天空黑压压的，昏黄的路灯拉长了两个人的影子，

我跟在你身后不言不语。

那一天我对你还不了解，并不知道你身上发生了什么事情，

但我快心疼死了，那一天我在心里一直重复的一句话是：

你倒是回头看我一眼啊，哥不就在这儿吗？

我陪你沿着篮球场走到第十七圈的时候，

你突然回过头对我说："给我买块蛋糕吧！"

然后在离你不到三米的距离，我像一枚火箭一样朝学校小卖部奔去。

当我汗流浃背地跑回球场的时候，你已经离开了。

球场上只留下你用粉笔写下的几个字：

"蛋糕是给你的，谢谢你陪了我一天！"

在我心里，这是爱情开始的那一天。

半夜跑到卫生间，对着镜子练习以后吆喝你的样子：

"老婆，给我揉揉肩膀吧！"

"老婆，给我做个汤喝吧！"

"老婆，把地再拖一遍吧！"

"老婆，去楼下给我买蛋糕吧！"

"老婆，就是……，你能做我的老婆吗？"

第二天，我上课打瞌睡被罚站了，

这就是原因。

我那时那么那么喜欢你，你却不知道！

我想牵你的手，我想触摸你的头发，

我想用我的体温给你带去温暖，

我想轻吻你，想拥抱你，

想日夜不休地对你说肉麻的情话，

你骂我也好，打我也行，

只要你待在我身边，我都乐意。

你终于在我面前哭出来了，

你终于喝醉了，

你终于在我期待了许久之后，倒在了我的肩膀上。

那一晚，你一会儿吐，一会儿哭，一会儿又隐隐发笑，

听完你的故事后，我下定了决心，

无论你以后会不会和我在一起，我的余生统统给你。

我要成为你的丈夫或是情人，我要给你我的所有疼惜。

你睡着后，我在微弱的光线中注视了你一整夜，

我对你说："对不起，我来晚了，让你受委屈了。"

你什么都没听到，我却咬着牙难过地哭了。

在你身边醒来的那一天，阳光透过玻璃照在你的身上，

你的脸上是盈盈的笑意，空气中还弥漫着你特有的香水味，

你的笑容和阳光一样，照在了我的心扉，

继而一股持久温暖的力量从我的心脏遍布全身。

整夜我们什么都没有发生，

但那一秒，我却觉得所有的事情都值得了，你就是有这样的魔力！

听你说你喜欢爬山，

隔着一千里，我还能看清你漂亮的脸蛋，

隔着一千里，我还能听到你悦耳的声音，

隔着一千里，我还能闻到你芳香的气息，

隔着一千里，我还能触到你炙热的体温，

隔着一千里，依然觉得你在我的身边，

我就是这么喜欢你。

听你说你喜欢爬山，

我就常常一个人溜到后山，

试图探寻一条只属于你我的恋爱大道，

在这之前，我从来没有爬到过山顶，

那天，我走得特别远，到了山顶的时候，我中暑了。

烈日炎炎，手机也没有信号，我平躺在最高的山顶上孤立无援，

到了午夜，我才借着手机屏幕昏黄的光下了山。

因为想着你，不知不觉就走了这么远；

因为想着你，不知不觉就爬了这么高。

山这么高，我跌下去一定会粉身碎骨，

但喜欢上你，我连粉身碎骨都不害怕了。

事实上，我喜欢你这件事与你并没有太多关系，

你管不着，也干涉不了。

你听着，这是我一个人的事情，

这是我现在赖以生存的简单而持久的信念，

是我生活的信心，

你无权也无法没收。

我没有那么那么高尚的情操，

即使你还没有喜欢上我，

我也不允许你喜欢我之外的人。

因为在这个世界上，

不会有第二个人像我这样宠你，疼你，爱惜你。

而你，不能不幸福。

我连流眼泪都不想让你看到，

你又怎么可能明白我有多喜欢你。

你可以骂我是痞子、小人、浪人，

你可以抽我、踢我、打我，

但你不可以拒绝我。

是你把我弄成了现在这个样子，

是你让我没有了余地，

是你没收了我的选择，

怎么还能反过来责怪别人不放过你呢？

大家都是讲道理的人，

你也不要生气了，我没怪你。

你别害怕我，

对不起，我只是喜欢你。

只要你愿意喜欢我，你杀了我都可以。

每天都在看我和你的短信记录，总结了一下，

我给你发的最多的几条短信是：

你在干吗？

你睡了吗？

你和谁在？

后来呢？

收得到吗？

我像困的人吗？（全是问号。）

你给我回的最多的几条短信内容是：

没干吗。

现在睡。

一个人。

没有后来。

可以。

睡吧。

前一秒还为你哭成了傻×，后一秒就笑意盈盈地逗你开心，

只因为说不定某一秒，你会突然意识到我的好。

如果有一天，

我不再给你发短信，打电话，

不再给你买蛋糕，买饮料，

不再带你看电影，逛公园，

不再关心你，不再纠缠你，

而是彻底地消失在你的生活里，

你会不会在某一天想念起我喜欢你的每一天？

你不知道的事：

我经常趁你不注意往你皮夹里塞钱，

无论你需不需要，我有的都给你。

我的银行卡密码是我们相遇的日期，

从我们遇见那天开始，我的全部都给你。

我的空间密码是你的名字，

我的世界只欢迎你一个人。

我在你的书包里放了一把我家的备用钥匙，

我其实非常希望你把这儿当成家的。

去上学的路上皮夹被偷了，向同学借了二十块钱，

刚好够给你买两块蛋糕，

见面后我把两块蛋糕都给了你，

怕你不够吃，就告诉你我是吃饱了才过来的。

你因为这件事和我生气，

因为我迟到了，我没反驳，

我迟到其实是因为我没钱打车了，我是提着蛋糕跑过来的。

会突然给自己一个耳光，问自己为什么不能让你喜欢上。

给未来的你：

你这个狡猾的小家伙，

你知道吗？在没有追到你之前，

整天对着你笑的我，经常因为你偷偷掉眼泪。

你是我的弱点，

我爱你，

也就是说我爱上了自己的弱点，

你还要我怎么办？

知道气球能逗你开心，你睡着后，

我跑到客厅里，吹了一地的气球，

拼成了一个心形，

想第二天一早给你个惊喜。

谁知道第二天醒来后，拼好的心形气球变成了卫生巾的形状，

因为几个气球漏了气。

我揉着肿胀酸痛的腮帮子一点儿都不觉得委屈，

因为那天早上你笑得那么开心，

弄得我也像个傻×一样地笑了。

不知不觉，已经喜欢你这么久了，

你很远，心很痛，

爱着你才觉得自己活过。

真希望我可以替你承受所有的苦，

真希望我可以替你流血、流泪。

有时候我会想，

一定是你经历的太多，

才会在意的太少。

会有那么一天吧!

我带着伤痕累累的你离开你现在生活的世界,

你在只有我的世界里重新找回笑容。

你如果非要拒绝我,

请别拒绝得那么绝对。

因为你的一句"我没有那么喜欢你",

我都可以解读为"我有一点儿喜欢你"。

你说心情不好,我说我在你附近,我去陪你吧。

你说你没带伞,我说我在你附近,我去接你吧。

你问我为什么在附近还来得这么慢,

因为我要坐很久的车才能赶到你的身边来。

你弄丢了一个你很喜欢的钥匙扣，

我淋着雨跑遍了整座城为你找一模一样的，

但还是没有找到。

几天后，偶然在学校看到有个人和你用一样的钥匙扣，

求着让别人转让给我。

晚上，漫不经心地递给你，

你却从口袋里掏出了你已经找到的钥匙扣。

你对我说了一句："我们用一样的钥匙扣吧！"

哈哈，这让我高兴了好多天。

为了让你牵我的手，常常带你走没有灯火的小巷，

可是你不怕黑。

为了让你更靠近我，常常带你看恐怖的灵异电影，

可是你不怕鬼。

你第一次放我鸽子的时候，

我一个人在酒吧喝得烂醉如泥，

一个人回家的时候还跌倒在了垃圾堆里，

回到家，你给我发来一句"对不起"，

一时间，我整个人委屈得声泪俱下。

我没打字，只是回了你许多笑脸，

你一定不知道吧？

那晚，我回你的那些笑脸和我为你流的眼泪一样多。

你不是想知道为什么班主任后来都不开车来学校了吗？

因为班主任总喜欢拿你父母的事情来开玩笑，

我知道你不喜欢，

我就扎破了他二十二次车胎。

每一次遇见你，我一定还是怦然心动的样子；

每一次告别你，我一定还是恋恋不舍的样子。

每一个能遇到你的今天，都是我在昨天所向往的明天。

如果我不喜欢你了，你能不能在和我相处的时候更自在一些？

如果我不喜欢你了，你可不可以多朝我笑一笑？

如果我不喜欢你了，你是不是会在某一天突然灿烂如夏阳？

如果我不喜欢你了，你会不会在某个夜晚与我相拥而泣，深吻入眠？

认识你的第一年，

常常把你的作业私自扣下来，通知老师让你重新做，

那是那一年，我和你度过最多的"二人世界"，

还有，我的数学成绩好只是因为你的数学成绩不好，

这样，你才会在课后过来问我问题。

趁你不注意，我偷偷喝过你的饮料，

趁你不注意，我偷偷用过你的牙刷，

趁你不注意，我偷偷闻过你的外套，

趁你不注意，我偷偷计划过一个只有你的未来。

把你的生活习惯做成了时间表，

在你的时区和轨迹里，按你的习惯生活，

碰巧了无数次后，我活成了你的样子。

暗恋你的岁月就是一场精神泅渡，

假若今日时光能倒流，

我依然愿意在那时候暗恋着值得暗恋的你。

你不用信神，神都没有我爱你；

你不用寻找你的保护神，我就是你的毗湿奴。

我的使命就是在我有限的年华里，在你身上倾尽所有的情感，化为灰烬，开成玫瑰送给你。

总喜欢向你借东西，然后不再还给你，

这辈子向你借了许多许多东西，

不是不想还给你，只是这样一来，

我和你的世界就再也无法两清，

无法不拖不欠，无法一刀两断。

没有你相伴的时间，都是无意义和不自由的虚耗。

因为你不在，良辰美景只在自己的妄想之中，

想对你告白，又想等待时机，

无休止地与矛盾抗衡，

因为害怕对你的告白会变作不能告人的内心独白。

我：让我假装喜欢你试试看呗？

你：如果喜欢能假装，换成我来假装喜欢你好了。

我：那我们假装相互喜欢吧？

你：如果不喜欢能假装，那我们假装相互不喜欢好了。

从没在意过任何人的看法，

感情是我们两个人的事情，

上帝安排了我们俩见面，

我有为你倾尽天下的勇气，

你的责任只是收留我。

虽然你今天又一次拒绝了我，

但你记住，

你总有一天会怀念今天。

现在看来，我这辈子很可能碌碌无为，

我的所有决心都用在了喜欢你这件事情上，

除了这件事，我好像什么都做不好了。

你不是讨厌流氓吗?

你现在的行径和流氓又有什么区别?

拿走了我的心,对我一笑了之。

再激烈一些试试看,

你就这点儿能耐吗?

看来,你依然不明白我有多喜欢你。

深夜,在KTV里哑了嗓子,

不知道是因为唱歌喊哑了还是喝酒喝坏了。

半夜,突然想给你打电话,

电话接通后,你完全听不清楚我在说些什么,

终于,趁着这个机会对你说了之前我一直不敢对你说的话。

明明想说出口的是我喜欢你,我听到的却是我爱你,

这让我自己也很吃惊。

已经忘了,在这个电话之前,我隐忍了多少日子。

失去你会变得怎么样?

还能活，但也一定会变得无所畏惧。

我恨自己的占有欲，但更恨自己不能占有你。

我恨自己的控制欲，但更恨自己不能控制你。

我恨自己的征服欲，但更恨自己不能征服你。

我有时候会讨厌你，其实是因为我太喜欢你。

世界上最遗憾的事情，

可能是为了遇见你，我花光了所有的运气，

已经没有更多的运气能让你喜欢上我。

我爱你已经爱得不能去听情歌了。

我和你之间，

至少在我们都爱你，都不爱我的这一点上，

还是有共同点可言的，

所以你不能说我们之间没有交集可言。

这世界上哪有那么多遇见？

每次在你遇见我之前，我都等了好几个小时；

这世界上哪有那么多巧合？

每次在你看中一件东西的时候，我都存了好久的钱。

你生病了，我整个晚上都不敢睡，

半夜打了个盹儿，一醒来摸了摸你的头，高烧依旧没退，

就急急忙忙地跑出去给你买药。

买完药回来的路上，天寒地冻，

有那么一秒钟，我突然意识到我已经爱你爱得快发疯了，

因为两小时前我已经给你买过一模一样的药了。

以前自己不喜欢吃米饭，但看你喜欢吃，就对你说我也只吃米饭。

其实我并不能吃辣，也是因为你，我才对你说我是一个无辣不欢的人。

每次熬夜，第二天我都会生不如死，只是因为你常常失眠，

我就碰巧得了失眠症。

明明不是太有恒心的人，却从来没有过放弃你的念头，

常常耀武扬威，自信爆棚，唯独在你面前没有自信，

除了你，别无他人，

所以别再说我爱上的是爱情而不是你这种话。

即使最后你我因为不可抗之因素而无法在一起，

你也要记得，在这个世界上，曾经有人爱你如生命，

我成了那个你此生无法忘怀的人，

而你却成为我此生无法释怀的人。

我们之间的所有东西都会是你这辈子遇到的最好的爱情，

如果最后我们没能在一起，你也不要哭，我还是需要你幸福。

以前喜欢合影留念，现在喜欢画画留念，

因为在我的画作里，你可以离我很近，

你可以侧躺在我的肩上，你可以笑得很开心，

你甚至可以坐在我对面，我家的沙发上。

我在异想的世界里，和你牵手，结婚。

我也在不同的场景里画了许多你的模样，

从你20岁画到了你70岁，

你的每一张脸我都喜欢，

我真的是想和你过一辈子的。

拿着录音笔问你："'I like you, I love you, I'll marry you'，怎么翻译？"

你心不在焉地随口回答："我喜欢你，我爱你，我要嫁给你。"

随后的两个星期我失眠了，因为我每天睡前都在听这段录音。

和你看电影的那一晚，你头疼得厉害，

给你买了两种药都于事无补，最后我只好跑回宿舍给你拿药，

刚跑进宿舍楼，宿舍楼就关门了。

最后我带着药从二楼窗户上跳了出来，

后来才知道，原来你也曾为了别人从这个窗户跳出去过。

你只是单纯地暗恋着他吧，就像我也单纯地守候着你？

还能拾起勇气继续喜欢你，是因为对有你的未来深信不疑。

为什么玩"真心话大冒险"的时候，你会一直抽到"亲吻在场的每一个

人"这种牌呢？

因为这些都是我准备的啊，

因为在场的除了你，就我一个人啊。

为了能多看坐在我左侧的你几眼，

把手表戴在了左手上。

常常在想，如果你先看到的人是我，

今天会不会换成你来暗恋我。

他能给你的，我统统给你，

我能给你的，他都给不了你，

我会陪你到你觉悟回头那一天。

喜欢你，我可以放下尊严，放下脾气，放下个性，

唯一放不下的却是喜欢你这件事本身。

如果最后你还是不愿意接受我，真的没有关系，

明天，我会重新爱上另一个一模一样的你。

在我遇到你的第101天，

开始策划我对你的"101次求婚"。

还没与你初恋，

每一秒却像失恋了一万次一样。

第一次穿正式西装的日子是带你去酒吧的那一天，

买西装的时候直接和售货员说是结婚用的。

在酒吧教你的舞步都是错误的，

因为只有那样的舞步才能让你贴我那么近。

你说你喜欢我穿西装的样子，此后的那个夏天我便常常中暑。

我和你的初吻一定是世界上最特别的，

那天，我们双双喝了些酒，

两个人在昏黄的路灯下隔着距离，

一前一后，让影子缓缓左右靠近，

最后，你让你的影子吻在了我的影子上。

虽然没有任何接触，那却是我这辈子心跳最厉害的一个吻，

你就这样毫无征兆地拿走了我的初吻，

你注定是我生命中那个最特别的存在。

能不能有那么一秒钟，不做你的知己做情人。

自己注册了一个和你的资料一模一样的QQ号，

加上以后，每天对着那个ＱＱ嘘寒问暖加告白，

我以为我至少会有一次把消息错发给你，

但一直没发错过，

不是因为没胆量，只是因为我比想象中还要在意你。

骂我可以用任何语言，但别说会离开我这种话，

打我可以打任何地方，太用力的话别用自己的手，

你重重一记耳光抽在我脸上，我会哭，是因为我心疼的人是你，

不是我自己。

为你喝过许多次酒，

打过许多次架，

逃过许多次课，

受过许多次处分，

然后，我爱你爱到一次都不让你知道。

这辈子，喜欢上你才开始过节。

万圣节，感恩节，圣诞节，元旦，

我连劳动节都可以理所当然地送你一束白玫瑰，

那一年，我和你只落下了一个节，它叫情人节。

以前和你说我半夜被鬼掐的故事是我编的，

身上的瘀青不是鬼掐的。

因为我睡觉会打鼾，

我又特别怕自己给你留下坏印象，

所以和你睡在一起的时候，我就自己掐了自己一整夜。

知道自己睡觉会裹被子，

又想和你盖同一床被子，

就在你睡熟之后，滚到自己够不到被子的角落里去睡，

这是我十几年前就在做的一件事，

只是你到今年才注意到而已。

讨厌你的时候，决定出去散散步，

却总是无意识地走进常陪你去的公园，

想去购物，却总是无意识地为你选购你喜欢的香水，

连找个寺庙静静心，都可以在姻缘牌上写上你的名字，

原来你早已经布满我的每一种生活。

无怨无悔才纵情，

死心塌地才过瘾，

遍体鳞伤才尽兴，

最好的年华之所以是最好的年华，

仅仅只是因为能遇到你。

单恋着近在眼前的你的感觉，

就像在谈一场远在天边的异地恋。

既然你无法体会我对你的感觉，

就不要说出友情比爱情更持久那种话！

你根本不知道你的一些细枝末节的表现早已在我心里生根发芽，

长成了坚不可摧的参天大树。

能说出"不要为一棵树放弃一整片森林"这种话的人，

一定都没有真正爱过。

能够蠢得把"Hello"拼写成"Haleo"的我，

只是想找你帮我多补习一会儿英文。

喜欢上你确实不是上辈子就开始的事，

但每想念你一次，我确实在脑海里和你走过了好几辈子。

和你玩哑语游戏那一次，

我说的原话是：

你可以拒绝我千万次，我还是喜欢你，

你可以骂我，你也可以打我，

但别厌倦我，别避开我，

再坚持坚持吧，

说不定某一天我能遭遇一场车祸，

能像电影里演的那样忘记你，

然后继续生活在你的周围。

你当然猜不对！

你搬家后的一天半夜，

我一个人摸索着回到你的卧室，

家具搬光后，偌大的屋子只有墙壁上残留的几张奖状没有带走，

我小心翼翼地取下它们，轻轻卷起来带回家，

用你送我的那根手链绑起它们。

想你的时候，

我就大声读出奖状上面的字，

每次念完你的名字，

我都仿佛看到满脸傻笑和满足的你，

这也带给了我那几年最大的满足。

看到晨报上一张老年夫妻夕阳下牵手散步的照片，

你说真好啊，真羡慕，希望自己将来也可以这么幸福。

你不知道的是，

对于爱美的我来说，

那一刻起，再也没有害怕过皱纹和变老。

生日那天，

姑妈从新加坡带回一个特别漂亮的许愿瓶给我，

我兴致勃勃地写上愿望，

跑到海边准备投出去。

扔出去，

捡回来；

又扔出去，

又捡回来。

最终，还是失败了。

因为我总是在扔出去后担心，

瓶口有没有拧紧，

瓶子有没有碰在礁石上摔坏，

字条会不会被水泡烂。

因为那个愿望对我来说，太重要了。

后来，我把它和你的奖状一起收在了我的衣柜里，

因为我总是相信，

愿望会像《纳尼亚传奇》一样，在衣柜的另一端实现。

你长蛀牙了，要去拔牙。

整个过程你一直紧紧握着我的手，好像一松手就会疼得要命，

我说你轻一点儿握啊，

你说大不了下次我拔牙的时候，

你也让我握。

那天回家后，

我就把家里的糖都吃了，

可是怎么吃也不长蛀牙，

懊恼了半个学期，

还是没能握到你的手。

你问，女生穿婚纱是什么感觉？

我说，甜甜的感觉。

你说，我也要穿。

我说，那我想办法。

后来，三个宿舍的蚊帐都被我剪了，

东拼西凑地弄出一件类似于婚纱的东西给你，

然后我拖了一个星期走廊的地。

我讨厌游泳课，

每次被逼着跳下去都要呛几口水，

后来我只要看到你已经下水了，

再深的地方我都敢跳。

彼此驯服，彼此包容。

这就是爱情。

怎么回事儿？

每几分钟就很想向你告白一次，

现在又很想向你告白，

可这一刻你不在我的身边，

我得把所有你暂时接收不到的告白写下来，

替你存起来，

这些都是"我对你的告白"。

也就是说，

这些告白不是我的，

它们都是你的。

总觉得"我爱你到永远"这句话很空泛，

但我就是想对你说。

总觉得"你就是我的命"这句话很虚幻，

但我就是想对你说。

总觉得"我爱你超越了爱自己"这句话很夸张，

但我就是想对你说。

总觉得"我爱你一辈子"这句话俗不可耐，

但我就是，就是想对你说。

永远都别对我说再见，

在我和你的世界里，

我连和你

"待会儿见"

"明天见"

"周末见"

都承受不起。

不是说只有对最爱的人才会发脾气吗？

我却从来不会对你发脾气，

可能，我不是最爱你的人，

而是——

最爱最爱最爱你的人吧！

你开心的时候，有我在。

你难过的时候，有我在。

你需要我的时候，有我在。

你不需要我的时候，还有我在。

因为我怕我不在的时候，你会哭。

从没心没肺到撕心裂肺，

谁知道第一天见面时，

你到底对我做了什么？

我们的从前：

你赶我走的时候，

我没有听你的，

那晚，

我守在你家门口哪儿也去不了。

你打在我脸上的时候，

我没有听你的，

我看着你流泪的样子，

心比脸都疼。

你让我忘掉你的时候，

我没有听你的，

我对你的记忆却愈发深刻。

你让我不要在意你的时候，

我没有听你的，

你成了全世界我最在意的人。

你让我不要想念你的时候，

我还是没有听你的。

我每天都把你存在记忆里，

回忆很多遍。

最后，你让我不要离开你的时候，

我听你的。

与你相关的，

都是幸福的。

与你有多近，

幸福就有多近。

你在哪儿，

幸福就在哪儿。

我的暗恋、初恋、失恋和眷恋，

和你息息相关。

这一生有幸能遇见你，

你这么好看和努力，

所以请慷慨地让我迷恋一辈子吧，

假如有一天你像天边星辰一样坠落，

那星空将不再美丽。

没关系，

因为你一离开，

我就会化作天边的星际碎片，

我将在万籁俱寂里继续迷恋着你。

曾经，你是我心里的秘密，

现在终于可以和你分享所有的秘密。

我的爱是一粒种子，

只有遇到你才能开出漂亮的花。

我是一个好男孩，

和你相爱就没用过试试看的心态，

过客什么的也就算了，

遇到你便开始相信一见钟情，

爱上你才知道情深一世，

但好像也弄丢了安全感。

还好，你给我最好的回馈，

就是在某一个下午突然接受了我，

从此终结了我一个人的爱情，

让我终于可以对你说出准备了许久的"我爱你"。

每天努力多爱一点儿，

却发现怎么也满足不了自己的贪婪。

就这样宠你一辈子，

因为你是我的小兔子。

我与世界爱着你！

我觉得异地恋痛苦的原因就在于，

我这么爱你但你不爱我。

为了和你拉近距离，我每天都在喝咖啡，

看来时间会改变一个人的口味。

我们才分开这么一小段时间，

你就喜欢上了Espresso（意式咖啡）、哥伦比亚、炭烧咖啡，

不知道你喜欢上这么苦的咖啡是不是为了麻醉你自己。

可这样喝得多伤胃啊，

你听着，等我们复合那一天，

我要让你喜欢上拿铁、焦糖玛奇朵、爽歪歪和茉莉蜜茶，你等着吧。

我每天都去你的QQ空间看你，

每次都会把自己的来访记录删除，

他们说，只有在看不到我的日子，你才会想起我。

我每天都去你的QQ空间看你，

每次都会留下自己的来访记录，

我想对全世界宣布你是我的。

我每天都去你的QQ空间看你，

每次我都在想今天是留下记录还是删除记录。

然后我快疯了，

我喝酒去了，不想了。

旅游的时候和人群走散了，

在一个人去伦敦的列车上看到了一片海边的草地，

草地特别平坦，海面波光粼粼。

我突然在车厢里笑出了声音，

因为前一秒钟我睡着了，

梦到了我向你求婚的场景，

就是在这样一个海边的草地上，

现在看来万事俱备，只差你了。

我这样爱着你，全世界却只有我一个人知道，呵呵。

我现在最大的目标就是挣钱，

没什么高尚的原因，只是为了一己私欲，

就是想万一有一天你不见了，我得有很多很多的钱，

才能全世界去找你。

我今天又看到你了，你就在离我很近的马路对面，

你蹲在地上看花，你抬起头看天上的鸟，

我住在离你很近的B&B（一种酒店），

你遇到你同学的时候微笑着和他打招呼说话。

他一走开你脸上就乌云密布了，

我知道没有我，你根本不可能过得好。

别去这家B&B找我了，我怕我会撞见你，

我怕自己又会做出什么发疯的事情来，

我就是有这个能耐。

我策划出无数场你重新爱上我的场景，

可是我策划不出来，我不再爱你的场景。

我和你的人生答案都已经显而易见，

那就是只有你重新爱上我，才是解药。

你以前总是问我为什么那么笨，总是会把手指弄破，

现在我们暂时分开了，

我现在说暂时分开是因为，我们并没有分开，

我知道有一天你还会回到我的身边来。

现在我们暂时分开了，我才敢告诉你，

我把手指弄破是为了让你像电影里那样拉着我的手指去吮吸，

可是你每次都是把创可贴贴在我的伤口上，

于是我干脆把你所有的创可贴藏起来，

结果你却只是拿起我的手，把我的手指塞到了我自己的嘴里。

我留了长头发，也不去碰篮球，尽可能少去晒太阳，

你说你喜欢哈尔，

你知道为了变成你的哈尔，我已经变成了另外一个自己。

我一点儿都不排斥这样做，

因为我知道有一天你会爱上这样的我，

我的移动城堡已经建成了，

我要在哪个山丘才能遇到已经支离破碎的你，

然后成为你的避风港？

在爱情里，永远无法用爱来形容自己所想形容的一切。

毫无保留地用你将自己的世界塞满，

脱下正装随时待命，

陪你玩说走就走的游戏，

眼角的余光随时把握，

你眼神里对所有事物的好奇和期盼。

我选择最美好的青春和你度过，

你也势必在漫长的年华里和我形影不离。

我生活的方式就是爱你的方式。

到现在，

看到你的每一眼，

我一定还是最初心动的样子。

我要你度过的每一秒都有我的参与，

我要你走过的每一段路途都有我的痕迹，

我要给你送去阳光，

成为你的影子。

霸道也好，

自私也罢，

对你的绝对占有是我唯一的生活方式，

我就是要给你我全部全部全部的心。

你喜欢花，

我给你种花。

你喜欢旅游，

我陪你跑遍全世界。

你喜欢睡前故事，

我就读遍了全世界的童话。

你每天给我一杯牛奶，

我就再也无法想象没有牛奶的日子。

你知道吗？

我对现在的生活全然满意，

完全是因为我的生活与你息息相关。

想起你就会想对你说这些话。

我想我真的爱死了你。

你是我的弱点，

我爱你，

也就是说我爱上了自己的弱点，

你还要我怎么办？

Chapter 10

哥有个朋友在法国留学，他问人家："'唧唧复唧唧'用法语怎么说？"

我朋友说大概就是"唧唧唧唧"这样吧。

神奇小兔

肯小兔有强迫症。肯小兔接受不了我们家阿姨早上不和他互相微笑，所以每天他起来的第一件事就是收拾漂亮以后，站在厨房门口等阿姨回头对他笑。所以哥每天吃早餐都要看到的惊悚一幕就是这两人皮笑肉不笑地对彼此行注目礼。这时候他如果心情一好瞄了哥一眼，哥当然也要赔笑五秒钟。

肯小兔喜欢和地球人讲一些"高大上"的哲理。小区有位热心的保安大爷，有一天不知道怎么和肯小兔说起了肯小兔养的泰迪狗的事情，大概是说我们很会教育狗之类的吧。肯小兔居然认真地分析了起来，反正他最后说的那句话的意思大概是狗狗的行为也是受意识支配的，个体活动是受到观念的影响的，比如狗狗定点撒尿也是认知引起的思想发展过程。

　　肯小兔是个科学主义者。前几天千佛山庙会，哥无聊就找了个师太
给哥算了一卦，算得果然不准，因为师太说我的另一半接下来几年要遭
遇一场大劫难。哥当然不信，有哥在就没有劫难这种说法，但估计还是
惹毛了肯小兔，兔子急了也会咬人的。肯小兔问师太："你不是什么都
知道吗？你知道什么是官能团吗？"　师太无语。肯小兔接着说："那你
算算我是什么时候生的。"师太盯着肯小兔看了半天曰："寅时？"　肯
小兔委屈地看着我说："淫时？"　哥还来不及解释，他就犀利地看了看
师太的脸说："别以为我听不懂，你是丑时吧？"　后来当然又是一场腥
风血雨。

　　昨天寄快递，快递费本来是44元两件，但师傅收了我们75元。以
肯小兔据理力争的个性当然是打电话投诉啊，但那个师傅不承认。后
来，快递经理和快递师傅都过来了，肯小兔本来想那个师傅道个歉就算
了，但既然不承认，肯小兔只好拿出证据来，于是他指着我家桌子上的
SEGA（世嘉）星空投影仪说："没想到吧？我都给录下来了！如果你
承认我就可以原谅你，要不然我们看看录像？"　然后他们不但相信了

那玩意儿是摄像头，而且那师傅还承认了，师傅说可能太急忘记找钱。可师傅明明就说了一共75元啊，于是师傅被顺利地辞退了。肯小兔知道后，果然开始愧疚了，立马打电话说搞错快递公司了，取消投诉。然后师傅被复职了，那个师傅晚上过来感谢他，把钱退给了他，小兔特正义地对那个师傅说："惩罚不是目的，惩罚的目的是教育。希望你能感谢我给你这次机会，而不是怨怒。"于是，投诉变成了狗血的励志剧。

装修公司反复迟到，到了第三次迟到的时候，他们经理刚进我们家门，肯小兔就一副吃惊的样子看着他们问："你们这么快就回国了？"三人面面相觑。我不意外，他们居然迟到了四个小时，而且是第三次。我也知道大脑回路是外星人的肯小兔一定是语不惊人死不休的，果然肯小兔接着说："我以为你们刚从毛里求斯或者格鲁吉亚过来呢！现在北京时间已经下午四点了，你们那儿还是中午十二点吧？"三人惊呆，哥低头用手机百度了一下，时差居然是对的。这才是最恐怖的地方！

肯小兔有个韩国的朋友，就是他在YY（一种网络语音聊天软件）上说过的在肯德基厕所里偶遇的那位，他考人家韩语："'我的头发发梢这里软软的呢'，用韩语怎么说？'膝盖后面有一块弯曲的筋络'，用韩语怎么说？" 果然被考住了。哥有个朋友在法国留学，他问人家："'唧唧复唧唧'用法语怎么说？"我朋友说大概就是"唧唧唧唧"这样吧。

和肯小兔一起看电视是一件让人备受折磨的事情。还记得前些天哥在YY和你们说的，和他看《继承者们》的事情吗？因为哥错过了好多集，就问他剧中的老头（李敏镐的爸爸）是谁。他说那是李敏镐的姐姐，因为穿越，其实是剧中的大女儿，可能穿越剧太多，哥居然相信了。看《来自星星的你》，古装版的小千颂伊被乱箭射到的时候，躺在都教授怀里奄奄一息地问："大人还记得初雪的日子吗？"音乐响起的时候，瞬间进入虐心模式。肯小兔就抽了张纸巾擦了擦眼泪对我说："其实有时候有些情况是不能避免的，为什么每次乱箭射到的地方都要这么唯美呢？你想想看，如果这时候的弓箭是射到了她左眼球，或者是上嘴唇，然后嘴唇外翻着说这段话：大人还记得初雪的日子吗？"我脑补了一下，顿时，剧中模式全乱。这两天，和我妈一起看《小爸爸》，剧中的小孩特别懂事，自己替别的小孩写作业赚钱给爸爸准备礼物，小孩的舅舅则执意要带小孩回美国，但小孩执意要留在中国爸爸身边。小兔不喜欢看国产剧，有一天晚上，他看了两集，估计觉得无聊就拉了拉我的手说："我跟你讲一件事。"我看了看他一脸认真的表情，又看了看电视机屏幕连连摇头，他绝对又可以毁掉一部剧。他没辙，就当着我妈的面和我们说："这就是一个女主（小男孩）周旋于两个男人（爸爸和舅舅）之间的故事啊，你们还记得上一集买Xbox 360（一种游戏主机）那件事吗？男一用节省的钱给女主买了一台二手Xbox 360，满心欢喜地回到家后，发现女主已经玩着男二送的全新Xbox 360了。"我妈一听，连连称是，和小兔说："哎呀，是啊！我就说好像看过这部剧，就是说找了个小男孩儿来演女主角？"我想了想小兔说的，好像确实是这样的，完了，全家都被他带偏了。后来再看就一直把小男孩看成一个贤惠的女主角，我只能说生活不能更棒！第二天，母亲大人果断弃剧了。

没有主题，就请感受一下这几段对话。

A：昨晚，和他朋友Carlos（卡洛斯）又开着免提瞎聊。（别误会！确实是男人的名字，但人家是个女孩，小兔给取的！每次看《绝望主妇》，Carlos——一个长着络腮胡的墨西哥肌肉大叔一出场，他一定要补一句："哇，真的好像！"其实一点儿都不像！）

　　小兔：好羡慕你啊，每天都在接触英语，我觉得自己的英语退步了。

　　Carlos：没办法，人民教师，谁让我的职业是英语老师呢？我也退步了，前两天我一个学生写作文用了"enthusiastic（热情的）"这个单词，我夸了她一顿，因为这个词初中是没有学过的，后来我准备在黑板上写，居然拼不出来。

　　小兔：不可能！幽默了吧你！这个词是入门级别的吧！（开始了！！！）

　　Carlos：怎么可能？入门是ABC吧。

　　小兔：噢！Sorry，可能要求不一样吧！说正经的，我是想问一下你，你还记得kryptonite这个单词吗？今天听1D的歌，明明觉得很熟，就是想不起来，后来一查，居然是"氪气石"，那时候明明都背过的。

　　Carlos：啊？元素周期表中文的我都背不出来，还英文的，你对自己要求太极端了吧？

　　小兔：你是故意逗我开心的吧？你是英语老师，怎么可能会不知道？我觉得自己好没用哦！

　　Carlos：……（手机忙音）

B：有一次在昆明，和小兔驴姐（名字又是小兔小学时取的，从小就这么坏）一起吃饭。

小兔：天啊！驴姐你怎么会这么瘦！

驴姐：走开！我明明胖了！（实际情况是小兔驴姐确实不瘦。）

小兔：拜托！你是我这两年见过的最瘦的女人。（表情不能更认真了。）

驴姐：不会吧？我都有小肚腩，你看！（掀起衣服。）

小兔：这是皮肤，天啊！你怎么会瘦成这样啊，你要增肥！

10分钟过去后。

驴姐：太谢谢你了，我都没意识到！我以前太偏执了，我真的很瘦吗？

小兔：对啊，好心疼！怎么可以瘦成这样。你看！

小兔回过头看我，面部表情扭曲坏笑。我"呵呵"了几声。这也算小兔的本事吧！我挺惭愧，可能我给小兔带去的乐趣不是太多，他才渐渐发展得腹黑了吧。

HUNTING

家里装修，设计师交出来设计图后，小兔笑了。接着约设计师见面，开始给别人讲述他理想中的法式宫廷装修的样子，他认为只有先明白历史和设计中传达的含义，才能设计出他理想中的家。哥也理解，可是当他说出"精神内核"四个字的时候，哥心想：毁了，这一坐还不得三四个小时。果然，他的对话里开始出现"卡洛林王朝""圣女贞德""路易十六""法国大革命"等词。设计师抹了把汗，点了最大杯的去火饮料。后来天黑了，设计师倒是对戴高乐产生了极大的兴趣，对小兔也从不耐烦变成了一脸仰慕，再也不敢轻易应付小兔了。

就像小兔自己也意识到的，他对小孩的岁数没有概念。

A：和他在同学家，他对同学几个月的小孩说："我来考考你，'sun'是什么啊？告诉我！" 孩子她妈翻了个白眼："你是准备让她开口说的第一个字是'日'吗？"

B：KTV朋友聚会，女同学非要小兔猜猜她的小孩多大。小兔想了想问："七岁？" 女同学变脸："一岁！"

C：小兔给他表姐打电话问："对了，你儿子多大了？"

他表姐："六岁了！"

小兔："会喊妈妈了吗？"

他表姐：……（电话忙音）

小兔委屈地看着我。哥懂，你真没那意思，但……

学生来哥的公司报英文补习班，英语老师都忙着接待别人，哥就让小兔假装英语老师去展示一下我们机构的权威。学生进来后，小兔小声对我说："你还是自己来吧？我不知道怎么签啊！"我说："你这么聪明，你看到她想到什么就问什么。"小兔转过脸看了看学生问："'女流氓'的英文怎么说？"女孩用舌头剔了剔牙诧异地看着小兔。小兔继续："这个不知道的话，来个简单的！"说完，小兔又盯着女孩看了看问："'ugly'是什么意思？"女孩："'丑'吗？"小兔："嗯！"女孩突然大笑了起来。小兔替我签了个大单，后来小兔和她成了好朋友。

每次去我家，小兔都把我家祸害得不成样。我妈回来要收拾的时候，他一秒钟变成陌生人。他会当着我的面对我妈说："我来帮他收拾

吧，阿姨，您歇着。" 什么叫"帮他收拾"？又不是我弄的。好吧！又
嫁祸给我。

　　半夜，小兔在我家突然想吃龙虾，让我下楼给他买。买回来一
开门，我妈正在客厅喝水，就问我："这么晚还去买龙虾啊？天都亮
了。" 小兔急忙打开房门，一脸惊讶地看着我问："你去哪儿了？急死
我了！" 明明是你让哥去给你买龙虾的！不光这样，他还急忙走过来
接过我手里的龙虾焦急地说："你饿的话你说啊！这是什么啊？"哥心
想，你能不知道这是什么吗？小兔打开袋子后惊讶地问："啊！是龙虾
吗？这东西有什么好吃的？少吃点儿啦！对身体多不好！" 我狂晕！你
待会儿别吃啊！接着他对我妈说："阿姨，您快睡吧，别管他了，我替
他收拾就行！"（你说的啊！）进房间后，他把袋子扔给我就蹦到床
上："去把碗筷拿过来！"

草惠著呑死眼前如的不的感觉，
就像和谈一场立私天地的舞边意。
——安安怕妃 ♡

为了让你牵我的手，
特意带你去没有灯光的小巷，
于是你不恨黑。
为了让你更靠近我，
特意带你看恐怖的录弄电影，
于是你不恨鬼。

每一个能遇见你的今天，

都是我在昨天所向往的明天。

Chapter 11

我希望一世能有一个如你一般的人，在我失落的时候给我鼓励，

在我辉煌的时候教会我沉淀，在惜别前告诉我别哭。

相爱是一段甜如蜜的时光

他说："这个城市发展得并不算快，但处处在修路。"

他说："这个城市的口号永远是争取绿化面积达到40%，但永远是把仅有的老树砍了栽，栽了再砍，树叶永远不庇荫。"

他说："交通这么拥挤的一个城市，没有地铁。"

他说："春秋飘黄沙，夏天大火炉，冬天吸雾霾。"

他说："没有蓝天。"

他说："没有美食。"

他说："没有朋友。"

他说："可我因为你，来了这里，活在这里。"

可我因为你，来了这里，活在这里。

我们都会站在街角，静静地看着熟悉的她或他缓缓地走向我们，或者向我们的反方向越走越远。

任何一个人的感情，都拥有最璀璨的星光，最浓郁的花香，哪怕是等待，也是最绕梁的梵乐。

喜欢一个人是什么样的感觉？是午后阳光创造的慵懒，是滂沱大雨冲洗的城市，在身边任何一个角落仔细寻找她的踪影，在她去过的地方寻找她的香味，哪怕一厢情愿也是如蜜在心。

但是你始终要对自己的感情有一个交代，或等待，或离开，或霸占，或拥有。

很多话，只有在她的面前，才是真正有意义的话。

你想拥有爱情，首先，你要相信爱情。

不管你今天的感情是否顺利，终有一天，这一切都会落定，你的爱情如你所期望的一般如期而至，变成你身边的一束花、一张纸，渗透你的生活，融入你的骨髓。

抬起头，坚强点儿，告诉随时有可能放弃的自己，她就是你想要的人。

我一直觉得感情是有高低贵贱之分的。

我爱你，低贱；

你爱我，高贵。

我爱我，自私；

你爱你，必须。

在情窦初开的岁月，情窦不知不觉地就在岁月里开了。

　　我把对你的爱放在最高贵的一层，这样的爱让我痴迷，让我觉得自己整个人是向上生存的，随时看得到希望，随时有成就感。

　　你含蓄地表达着对我的爱，每天像哺育嗷嗷待哺的小鸟，在你的哺育下我羽翼渐丰。你为我牺牲最美好的时光，我用高贵定义你的付出。

　　我希望一世能有一个如你一般的人，在我失落的时候给我鼓励，在我辉煌的时候教会我沉淀，在惜别前告诉我别哭。

　　你是一个那么美好的人，你倔强得像被石块压弯身躯的小草，盘旋着抬头，努力地展示着骄傲。我躲不及你的光芒，只有在你的光芒下，我才可以和你并肩成长。

虽然,你今天又一次拒绝了我,

但你别担心,

你总,有一天会怀念,今天.

王源

我的使命就是在有限的年华里，
在你的身上倾尽所有的情感，
化为灰烬，
开成欢颜送给你。

Chapter 12

我是沈煜伦，我是沈老师，我是美伦，

我希望自己是一个可以播撒能量的好人。

别做生活里的末等生

1
暴力和教养

我小的时候，父亲经常带着一帮人做"打家劫舍"的生意，经常是我和爷爷奶奶还没睡醒，我爸就带着几个人破门而入，"扑通扑通"地跪在地上告诉爷爷奶奶他们要结拜兄弟。

那时候厂子里不太平，我妈怀着我，临产的时候在厂子外面的大坑里找到一息尚存的我爸，她说我爸连迷糊的时候都会喊出"劫富济贫"的口号，他迷恋李小龙，迷恋一切和暴力有关的东西。

如果说起我爸，我会直言不讳自己讨厌当年他的嘴脸，但不管是因为年少轻狂还是因为思想癫狂，我都觉得他始终站在暴力的最浅阶层，而真正的暴力应该是无形的，致命的，充满是非的。

家庭暴力。

家庭内部因素导致的直接暴力，我把它称作最严酷的"冰寒炼狱"，充满了无情的自私和讽刺。在一个呆板的小家庭里，弱势一方被动接受着"刀山、火海、油煎、炮烙"的折磨，另一方高歌口号提倡自由，无视诺言，忽略孩童，真傻假犯错，到头来还是要经历孤独带给自己的黑色幽默。

冷暴力，家庭暴力和矛盾激化的终端。

冷暴力是各种直面矛盾的升级，其表面意思是清冷、寒冷的暴力，而产生冷暴力最根本的前提是纠纷和是非的存在。我们都讲，此人之肉，彼人之毒。我们自以为对别人有好处的事情，有的时候往往会给对方造成困扰或者伤害。而这种伤害和矛盾一旦产生，取而代之的是直面矛盾升级后的冷漠，而冷漠，往往是所有问题的终端、结束，于是乎痛下决心，此生不聊。

语言暴力。

萧伯纳在《巴巴拉少校》这本书里面记录了一个家族世代相传的警句：人人有权争胜负，无人有权论是非。这句话其实很容易理解，人们活在自己的轨迹里，按照自己的方式自求上进，活得明白自然，鲜少争论，远离是非，而不是如己所愿地肆意妄断他人。

你一开口，就向众人证明了你是一个怎样的人。

网络暴力，语言暴力的温床玉枕，各种暴力的大杂烩。

我前几天看微博热门话题，有一个贯穿童年和青年的歌曲串烧，五个年轻人用个人的声音作为不同的声部和音来无过渡演绎所有歌曲，从整个视频看得出他们经过了非常缜密和辛苦的彩排，我个人也很有共鸣。

于是我好奇地往下翻看评论，结果映入眼帘的第一条内容就是："只有我一个人觉得他们唱得很肉、很一般吗？"接下来是："右上角那个太胖了！""第一排左边那个男的鼻孔比脸大！"

这些语言立刻就毁掉了我刚收获的所有美好感觉，而深究这些发言者的个人文章，你会神奇地发现，基本上他所有的内容都充满了一定的攻击性和评判性，而往往这些乐于用个人眼光评判别人的人，都活在社会的边缘地带，而且过得相当一般，甚至非常不好。

活在这个时代，很多人被动地接受着来自各个阶层和角度的暴力——家庭暴力、情感暴力、语言暴力、网络暴力，而造成这种现象的根本原因，往往是社会中存在着一部分偏执、愚行的人。

其实社会不应该责备他们，他们也在申明个人的态度，只不过他们不明白什么可以说，而什么样的行为会对他人构成伤害甚至犯罪。

受教育程度低和个体无见识是这一群体的最大恶疾。

前几天我看一个明星专访的时候，特别认同里面的一句话：如今带着头套扒绝户坟的"喷子"满街都是，于人群中无非沧海一粟。他们潜伏在社会的各个角落，下了班挤公交车，提着装满韭菜包子的塑料袋回到只有几平方米的出租屋内，抠着脚在油腻的键盘上通过攻击优秀的人来满足个人的低俗欲望。

这么一分析，非但不会怪罪他们，心中反而对他们略生怜悯之情。

我去年丢了一只猫，后来发微博寻猫，几经周折终于找到了捡到猫的人。结果却被一而再再而三地要求写下各种字据并且接受给予对方八千元感谢费的要求。在我的助理取完钱去接猫的时候，又被告知还需要写一份能让捡猫人开脱责任的道歉信，声明所有感谢费是我个人意愿，并且被威胁，如果不写，会被捡猫人身价上亿的朋友干掉。

我不禁哑然失笑，失物招领本应该是件皆大欢喜的好事，怎么就扯出了威胁和字据？

年前收到很多粉丝的私信，说有部分人一直在对我的个人隐私进行诋毁和造谣。其实作为公众人物，我对这些早已习以为常。但后来事态愈演愈烈，为平息不良言论，我安排了专门的律师以及警局朋友协助调查和取证，很快找到了事件的元凶，在当事人和其家长以及学校的面前，提交了所有证据，并申请在当地法院立案诉讼。

当对方用几近哀求的口气道歉忏悔时，我并没有撤销相应的措施，我告诉他，这是他人生必经的一课，我要给他一个记忆深刻的警诫，这是救赎，不是惩罚。我觉得，我做的是对的。

所以，你说国外没有暴力吗？有，国内有的国外有，国内没有的国外也有。但群体数量不同，无关乎人口基数，说到底，还是受教育程度和见识的问题。

我在英国辗转了几个城市为肯小兔的化妆品公司寻找原料，其间各种交通工具的交替一应俱全，很有意思的是，你会潜移默化地被当地的文明熏陶。

因为你亲眼见到每位乘客在下车前非常礼貌的地跟司机说："Thank you！"（谢谢！）"See you！"（再见！）

会看到陌生乘客主动接过上车后两手推着推车的家长的孩子，然后彼此寒暄聊天气，与陌生无关。

会在超市购物时，由于自己站着挑选物品而被误认为是在排队结账，所有路过你的人都会主动问你是否在排队，听到否定的答案后，他们才会走上前去结账。

在十多米开外的马路另一端，因为你不经意的眼神一扫而过，路过的众人都会礼节性地点头微笑着回应。

红绿灯在国内和国外都是摆设，因为在国内，行人不看红绿灯横穿马路的比比皆是，司机则迫于要被扣分罚款，不得不遵守交通规则。而国外的人无论车速多快，无论红灯还是绿灯，在有行人的情况下，永远是保持几十米外开始减速后礼让的习惯。

虽不代表所有，但良心占据大多数。

这就是教养。

教养，是拯救一切暴力的良药。

所以我和肯小兔说，孩子的培养，和最终的考试分数无关，只要是一个堂堂正正、有教养的人，那就一定是一个好人。

2
我引以为傲的事业

离开翰森教育以后，我带着几个得力助手如火如荼地开起了新公司。

肖怀宇在那个时候给予了公司相当大的背景支持，这让我对他加入公司的想法更是肯定了许多。

创业初期很辛苦，我的很多"原以为"，被"到头来"打败了。

现在告诉你，
你昨天发的不知道怎么命题的微博
应该命题为"木已成"。

　　我原以为自己早已羽翼丰满，到头来还是过于轻敌，公司初期资金丰厚的状况让我忽视了接下来的财政预算，导致公司前半年一直处于推迟薪资发放的状态。

　　我原以为现有成熟的团队能够攻无不克，到头来团队不到一年便因为管理疏松而解散。公司没有了顶梁柱，我一个人当三个人用，勉强支撑公司开销。

　　我原以为患难团队在面对风浪时更加坚固，到头来还是人财两空。

　　第一家教育公司在经营两年后，我和肖怀宇之间难以继续维持合作关系，于是变卖公司资产，双方打算共同承担损失后，平均分配变卖资金。结果却因为过于相信对方，导致肖怀宇和古月未经过我同意，私下带走了我资金的一大半。这场游戏再一次不是我以为的皆大欢喜，而是只有一个赢家，但可惜不是我。

　　后来我沉寂了很久，在那个时候个性化教育行业已经进入了竞争的白热化阶段，我没有继续挤进去，而是选择了和之前的公司差不多的经营性质但依然年轻化的留学行业。

　　我重新整理团队，把当年跟随自己打拼的队友召集到身边，重整旗鼓于次年开业。有了之前的创业经验，这次公司进展得非常顺利，三个月后开始赢利，不到一年的时间就拓展了三家分公司。

　　2013年，肖小兔的化妆品公司开业，我注入了自己多年来积攒的所有资金。结果不到一年的时间，他的这家公司已经是行业龙头，市场占有率飙升按天来计算，这是我从来没有想到的。

有梦想、肯努力的人，走到哪里都会成功。

后来，很多员工愤愤地告诉我说，市面上现在很多同行都在模仿我们，模仿肯小兔的公司，甚至模仿我们的广告词和活动优惠。他们还给别人起了个外号——爱抄袭的抽屉嘴。

我告诫他们不要如此，其实他人在各个方面都抄袭你的时候，他就已经输得很惨了。别人模仿我们，说明我们才是领头羊。既然是模仿，惟妙惟肖是关键，如果模仿得惟妙惟肖依然不能赢过我们，那还是说明我们才是佼佼者。

这就好像我前段时间跟一个编辑朋友聊天，他问我有没有签售压力或者危机感。

我说有，唯一的压力就是担心睡不够会有黑眼圈。

因为我有太多的优势跟我们的公司一样，别人模仿不来：我聪颖敏捷的思维，博学多才的内涵，商海打拼的阅历，一米九二的身高，英俊阳光的长相，平稳美好的感情，虽不至于家财万贯但坐拥自己打拼出来的江山，想要集齐这些向我宣战，对手要有足够的自信和实力，哪怕输一点，这场比赛就毫无意义。

我没有半点儿自负，我始终坚信人外有人，但是文无第一，武无第二。我清楚自己的实力，这让我活在适度的空间里，并且畅游无阻。

名贵的首饰需要王子展示，豪车也只有懂它的人才配得起。

言归正传，谁人问剑无胆怯？我也有当年发不出工资的时候，我能有今天，依然是我在前面说的那段话：

我也像大多数人一样努力地生活、工作，像大多数人一样愚蠢、偷懒。也许我仅有的一点儿运气加上恰逢时机的努力让我在事业方面平步青云，但我从来都不觉得自己是一个成功的人。不过，可以确定的是，我是一个聪明的人、勤奋的人。

3
别做生活里的末等生

工作很多年，我迎来了很多的学生，又送走了很多的学生，有的学生已经大学毕业，这使我不得不诚实地面对自己的年龄。

这是一件非常残酷的事情。

我每次坐在咨询间里，接待前来咨询的学生和家长，都会按照自己固有的套路来引导和启发，最终家长和学生都会按照我的引导讲出我所需要的内容。

这是我最基本的工作能力。

面对形形色色的学生和家长，我遇到最多的问题是什么？

"有没有什么适合孩子的学习方法？"

"英语怎么才能学好？"

"这孩子太粗心了，有没有办法改正？"

…………

每次面对这些问题，我都会斩钉截铁地说"No"。

没有任何一种所有人都适用的学习方法给你的孩子，如果不努力、不用心，那么再多的附加都是"0"。

英语是人类最基本的语言之一，学好这门语言的唯一诀窍，就是用心背单词，任何一个负责的老师都会告诉你这句话。不用心，单词不会自己长进脑子里。

粗心还是不用心。用心就一定不会出错。

所以接待了这么多年的学生和家长，病急乱投医的人占据大多数，我也在这场"病患"中和他们一起成长，一起欢笑和哭泣。

我有一个高三的学生，我暂且叫他小雨。

初次见面，我对他的印象很好。整个学科分析的过程中他都很配合我，对于我所讲的一切也非常认同。但是当我把他支出去，想和他妈妈单独聊聊的时候，他刚一出门，他妈妈就哭了。

这种场面我几乎每星期都可以见到两三次。

又是一个单亲家庭。

小雨的父亲去世后，母亲带着小雨改嫁到另一个家庭。重组家庭里还有男方带来的姐姐，只比小雨大两个月，在该城的另一所重点学校就读。成绩优异的她和小雨形成了巨大反差，造成小雨在家里的压力与日俱增，最后自暴自弃，开始旷课，不写作业，最终导致成绩严重下滑。高考在即，小雨的妈妈非常心急。

我面对着这个一直向我倾诉的妈妈，感受着她话语间流露出来的急迫和心疼。

这是我经常要面对的。

后来和小雨私下聊天的时候，他告诉我他很喜欢打台球，有自己崇拜的台球明星，希望将来能有机会进国家队。

我鼓励他，认同他，那段时间甚至下了班带他去吃饭，然后陪他去打台球。他也按照自己的承诺，每天在我的监督下完成测试。后来他参加了月考，最后迎接模拟考。

小雨是和我感情很深的一个孩子，尽管最后没有实现进国家队的梦想，但他还是进了一所不错的大学，大二就有了女朋友，特意在暑假的时候带来公司看我。

另一个印象很深的学生，是我同事签下来的一个患有多动症的孩子。

在初期，所有人都没有看出这个孩子的症状，因为他当时已经初二了。在这个年龄依然患有多动症，让我们讶异于他的家长是否有责任心。

因为任课老师的一句批评，他瞬间暴躁起来，难以抑制地冲进我的办公室，砸坏了所有电脑和办公设备，冲破其他老师的阻拦进入另一间教室，把其中一个学生的脸当场打花。

我们意识到事态的严重，立即致电这个学生的家长，但是迟迟未见家长到场。

最后这个学生的情绪稳定下来，我陪着他在办公室聊天，询问事发原因。

我不知道他是出于紧张还是其他原因，一直左手搓着右手，然后又换个方向拿起本子不停地拍桌子，他的表情很痛苦，我们在场的老师都感到很心疼。

最后孩子的父母姗姗来迟，我愤怒地询问他们晚来的原因。

他们说，送来的时候之所以不说孩子有多动症，是因为害怕我们拒收。

而他们晚来，是希望我们可以平静一下情绪，不会见到家长直接就让他们把孩子领走。

我们这里已经是他们到过的第四家学校了。

我再一次面对着一个泣不成声的妈妈，回头把孩子揽在怀里，摸着他的头。

那天后，我联系了在多动症治疗中心的朋友，安排孩子的妈妈周末的时候送孩子去治疗，其他时间送来由我亲自带着。

后来，这个孩子跟我相处得很融洽，但是不知道什么原因，几个月后他突然再也不来了，任凭我怎么上门跟他谈心，都无济于事。

那天离开时，我又看到了孩子的妈妈脸上痛苦和失落的表情。

在这个世界上，没有任何一个家长或者老师会希望自己的孩子痛苦或者压抑，他们每天问着同样的问题只是为了可以帮到自己的孩子，他们对孩子的催促只是为了可以给他们一个更好的未来。

虽然现在已经不做基础教育了，但我每年在春节和教师节时还是会收到很多学生祝福的信息和电话。

这是我所收获的东西，这是我最珍贵的。

不夸张地说，每个老师都甘愿守着自己的学生一辈子，但是树大自直更多地依靠的是一颗坚强果断和充满向上力量的心。

我是沈煜伦，我是沈老师，我是美伦，我希望自己是一个可以播撒能量的好人。

曾经，你是我心里的秘密，

现在终于可以和你分享所有的秘密。

后 记

你相信缘分吗？我信。

无论最终有没有在一起，你总是通过千丝万缕的联系发现对方的一些蛛丝马迹，或朋友，或亲人，或爱人。

年少轻狂走过的那些路，早已经覆满青苔。

我很感谢生命中出现的每一个人，让我在大雨滂沱的清晨可以安心地坐在屋檐下品茶回忆。我不会忘记，希望路过的你们也是。

也许十年后我不会再记得这本书里的故事，不会理解当初如此倾诉的原因，更不知晓故事中的他们身处何地。百般遗憾又如何?

路过就是路过，路过的便是风景。

那些曾经跟我一样，年少轻狂的人，如今已闭口不谈前路如何。

如果生命中缺失了并不珍贵的，那就请把珍贵的好好收藏，仔细呵护，偶尔注视。

希望有幸参与你的后半生，避开满目疮痍的单行道，陪你回忆，陪你堆积。

感谢生命中出现的每一个人，给了我此刻最完美的落幕。

图书在版编目（CIP）数据

爱是一种微妙的滋养 / 沈煜伦著. —— 长沙 : 湖南文艺出版社, 2015.8
ISBN 978-7-5404-7273-3

Ⅰ.①爱… Ⅱ.①沈… Ⅲ.①故事—作品集—中国—当代 Ⅳ.①I247.8

中国版本图书馆CIP数据核字（2015）第179170号

上架建议：青春文学

爱是一种微妙的滋养

作　　者：沈煜伦
出 版 人：刘清华
责任编辑：薛　健　刘诗哲
监　　制：毛闽峰　李　娜
策划编辑：杨清钰
文案编辑：王　静
营销编辑：张　璐　王钰捷
封面设计：庞真真　利　锐
版式设计：利　锐
出版发行：湖南文艺出版社
　　　　　（长沙市雨花区东二环一段508号　邮编：410014）
网　　址：www.hnwy.net
印　　刷：北京尚唐印刷包装有限公司
经　　销：新华书店
开　　本：880mm×1270mm　1/32
字　　数：180千字
印　　张：10.5
版　　次：2015年8月第1版
印　　次：2016年2月第2次印刷
书　　号：ISBN 978-7-5404-7273-3
定　　价：38.00元

质量监督电话：010-59096394
团购电话：010-59320018